在尘寰

一只狗的自白

经典文库编委会 ◎ 编

河海大学出版社
HOHAI UNIVERSITY PRESS
·南京·

图书在版编目（CIP）数据

在尘寰．一只狗的自白 / 经典文库编委会编． -- 南京：河海大学出版社，2019.10
（二十一世纪中国作家经典文库）
ISBN 978-7-5630-6023-8

Ⅰ．①在… Ⅱ．①经… Ⅲ．①散文集－中国－当代 Ⅳ．① I267

中国版本图书馆 CIP 数据核字（2019）第 125083 号

丛 书 名	/ 二十一世纪中国作家经典文库
书　　名	/ 在尘寰———一只狗的自白
书　　号	/ ISBN 978-7-5630-6023-8
责任编辑	/ 章玉霞　毛积孝
特约编辑	/ 李　路　韩玉龙
特约校对	/ 王春兰
封面设计	/ 仙　境
版式设计	/ 刘昌凤
出版发行	/ 河海大学出版社
地　　址	/ 南京市西康路 1 号（邮编：210098）
电　　话	/ （025）83722833（营销部）
	/ （025）83737852（综合部）
经　　销	/ 全国新华书店
印　　刷	/ 三河市元兴印务有限公司
开　　本	/ 880 毫米 ×1230 毫米　1/32
印　　张	/ 6.75
字　　数	/ 110 千字
版　　次	/ 2019 年 10 月第 1 版
印　　次	/ 2019 年 10 月第 1 次印刷
定　　价	/ 59.80 元

目录
Contents

第一辑

蜗牛角上

螳螂和黄雀 /003

两只羊的寓言 /008

新编东郭先生和狼 /012

和一只麻雀过年 /017

儿子和驴子 /023

鸡祸 /028

一只狗的自白 /034

冯二的狗 /041

狗耳朵里的秘密 /046

第二辑

万物有灵

"狗选"彩票 /055

百万富狗 /062

飞进绑架案的鸽子 /070

斗 狗 /078

狐 缘 /125

蛇 缘 /145

最后一头驴 /164

放生 /188

第一辑

蜗牛角上

螳螂和黄雀

冯伟山

也许是学生开学返校的原因,县汽车站候车室里的乘客比以往多了不少,显得乱糟糟的。晓军坐在座位上,静静地看着来去匆忙的人,若有所思。

这时,一个女孩边走边打着电话来到了面前。"妈,我到车站候车室了,你不用担心,学费我早就收好了,不会丢的,一到学校我就给你打电话……"声音虽不大,但周围的人还是注意到了她。二十岁左右的年龄,背着一个鼓囊囊的书包,手里还拎着一个装满了衣物的手提袋。女孩长得俊美，衣服却朴素，浑身上下透着一股与生俱来的乡野气息。

女孩打完电话，就站在一边搜寻空座位。看着重重的书包压在她的背上，晓军刚想站起来让座，旁边的一个光头青年却站了起来："小妹妹，来这里坐吧。"女孩望着他的发型和手背上的一块刀疤，摇了摇头。

这时，光头身边的另一个青年站了起来，他也笑着说："小妹妹，来这里坐吧。"他边说边上前拉了拉女孩的胳膊。女孩看着他一脸阳光的笑容，迟疑了一下，就过去了。小伙子清秀阳光，穿着也很得体，说起话来更是有板有眼，很有亲和力。小伙子帮女孩把书包和手提袋放在脚边，又递给她一瓶矿泉水。小伙子很健谈，女孩满脸笑意也说了不少，看来两人还挺投缘。

听两人聊天，晓军也基本知道了女孩来自农村，刚刚被省城的一所大学录取，是去报到的。因为爸爸死于多年前的一次车祸，妈妈又农活缠身脱不开，女孩只好自己去学校了。看着两人聊得热闹，光头青年不时地朝他俩瞪眼撇嘴，一脸的不屑。

晓军抬腕看了下手表，离客车开往省城的时间还有半个多小时，他刚想眯会儿眼，却被女孩的一声尖叫吸引了。晓军抬头望去，见给女孩让座的青年正抓着她的书包飞快地朝大厅外跑去。

人群一片混乱，晓军刚要起身追赶，却见光头青年早就追了出去。光头健步如飞，不一会儿就追到了跟前，他身子一蹲，一个扫堂腿就把男青年弄了个"狗吃屎"。他夺下女孩的书包，又把男青年从地上拎了起来。望着追上来泪流满面的女孩和围得里三层外三层看热闹的乘客，光头说："我是省城剧院的演员，下来体验生活的，因长得丑，舞台上大多演坏人，现实生活中虽不招人待见，但品行还算可以吧。"女孩一下红了脸，男青年也一脸无辜的笑容。

这时，车站的治安员也闻讯赶来了，正要把男青年带走时，光头又说话了："这位帅哥是我的搭档，也是剧院的演员，这次我俩下来体验生活有好几项内容，其中一项就是'现身说事'，通过我俩的现场表演，让人们认识到和陌生人打交道不要只注重外表，不要被一个伪装着华丽外表的坏人蒙蔽了双眼，要时时有所防范，才能保护自身和财务的安全。"说完，两人都掏出工作证晃了晃。人群里有人喊了声好，接着掌声响成了一片。

候车室又恢复了先前的状态，男青年笑着对女孩说："妹子，没吓着吧？你的学费应该随身携带，怎么能放在书包里呢？我要真是一个毛贼，你就惨了。"女孩笑了笑，说："没事的，我碰上的都是好人呀。"光头把书包递给女孩，说："好好拿着吧，我俩也是回省城的，咱正好一趟车，到时送你去学校，放心吧。"女孩点了点头，一脸的幸福。晓军望着对面三个和自己同龄的年轻人，内心也泛起了一股暖意。

不多会儿，晓军和三个年轻人一起上了开往省城的大巴车。车上满员，狭小的空间顿时让人们感到了压抑，两个年轻人就发挥自身特长为大家表演节目，给乘客带来了快乐，也换来了阵阵掌声。女孩满脸激动，自豪地把头靠在了男青年的肩膀上。

在临近省城一处人流拥挤的地方，男青年对女孩说："我们在这里下车吧，搭出租车十分钟就到学校了。"女孩点了点头，光头替她拎着书包，男青年替她拎着手提袋，还用一只胳膊柔柔地挎着她，俨然一对热恋中的情侣。

他们走下大巴没几步，晓军就见男青年猛地甩开女孩，和光头一起大步朝人流中跑去。女孩的尖叫声再次响起时，大巴车还没启动，但晓军早已跳下车如箭般追去。不一会儿，晓军就撵到了两人身边，一手抓住一人的后衣领，只轻轻一拽，两人就摔倒在地。晓军跨前一步，把两人拖到一起，先用脚死死踩住男青年的脖颈让他动弹不得，又麻利地把光头的双手背在了后面。这时，已经围上了不少人，女孩一脸惊愕地看着躺在地上的两个青年，犹豫了片刻，拿出手机拨打了110。

望着地上不断求饶的俩贼，晓军说："你俩的确会演戏，刚开始我也被迷惑了，但通过慢慢观察，我发现你俩看到有钱人时眼神都会走样，全是贪婪和猥琐，并且人多拥挤时总想靠上去，还时不时眉来眼去地做小动作，这些都是贼惯有的本性。最主要的是你俩靠演戏骗取大家信任的伎俩，是最近一些大城市窃贼的新招，巧的是，我刚刚在微信上看到了公安专家的友情提示。所以，我就对你俩格外留心，没想到你们还真是贼！"

听着由远而近的警笛声，晓军又说："我刚从警校毕业，通过半年的实习和考核，已经成为一名真正的警察，今天我是正式来省城辖区派出所报到的，没想到抓了俩贼，算是见面礼吧。"

两只羊的寓言

冯伟山

　　我八岁那年,爹从集市上买来两只小山羊,白色的。但一只头顶上有一撮黑毛,我喊它小黑,另一只我喊它小白。小黑比小白个头略大,但它们都长得很可爱,皮毛一样的光洁,眼睛一样的清澈,脾气更是乖巧温顺。爹望着在羊圈里嬉闹的一对小山羊,笑着对娘说:"等它俩大了卖掉,咱家的日子就会好些了。"

　　村子东边的小山坡上长满了青草,是一处天然的牧场。自从有了小黑和小白,爹就让我星期天或下午放学后赶着它们去那里吃草。每次小黑和小白都快乐极了,在山坡上奔跑,头抵着头嬉闹。玩累了,就静静地吃一会儿草。然后,它俩再闹,再吃。这时,我就挎着柳条筐在一旁不停地拔草,为它俩准备"夜宵",也为它俩准备冬天的口粮。

晚上的"夜宵",除了新鲜的青草,也有奢侈的玉米面或麸皮,用水拌了,弄成糊糊,用料盆端给它们吃。每次小黑总是一副不饿的样子,让小白先吃。小白饱了,"咩咩"叫两声,小黑才慢腾腾地到料盆前吃几口剩的。有时没了,它就舔几下料盆或吃一把青草。然后,在我家不大的羊圈里,小黑挡在小白的外面相拥而眠,极尽温馨。小黑完全是以哥哥的样子在呵护着小白呀。每次瞧见这些,我都感到新奇。难道这俩山羊也通人性?但接下来的事情却让我惊诧不已。

这年冬天,娘突然病了。家里没钱,爹只好在村里一家家地借钱,并承诺过年时一定还清。说归说,可家里除了小黑和小白,拿啥还钱呀?爹在羊圈前看着正在长身子的一对山羊,心里十分不舍。他大口吸着自己手卷的劣质烟,一连串叹息后,还是请了村里的卢屠夫来看羊。

卢屠夫来到羊圈前,就粗门大嗓地说起来:"哎哟,这只白山羊好肥呀,过年时宰了,足够你还债了。"他朝小白指指点点时,小白睡得正香呢。我看到小黑一脸的惊慌,那眼睛也一下暗淡了许多。

自此,小黑完全变了样,成了一只蛮横的羊。

每次我去圈里添干草或细料,小黑总和小白争抢。小黑身架大,力气也大,每次的好草好料基本都进了小黑的肚子,小白只好捡吃些碎草剩料。小黑的反常让小白明显感到了失望,小白不再和它嬉闹,也不再和它相拥而眠,自己常常站在羊圈的一角望着天空发呆。

我也是从那时起,对小黑产生了一种厌恶感。心想:"牲畜就是牲畜,你咋能和人比呢?"去添料时,我总拿一根小木棍去戳小黑的头,边喊着:"叫你横!叫你横!"看我在场,小黑稍稍收敛了它的霸气。小白怯怯地刚到料盆前,小黑"咩"地大叫一声,眼睛放出一股凶光。小白一下停住脚,又慢慢退了回去。

要过年了,卢屠夫又被爹请到了羊圈前,他的粗门大嗓再次吸引了我的目光。他说:"怪了,这只白山羊怎么瘦成这样了？黑山羊倒是肥肥的，就宰这只黑羊吧！"小黑被拴走时，我正在圈前看热闹，我想瞅瞅小黑的蛮横哪里去了。小黑没有惊慌，竟然一脸的淡定。它走到小白面前，用头轻轻地抵了抵它的脸，咩咩叫着，两眼一下湿润了。

我突然明白了什么，心里颤了一下。

小黑走后的日子里，小白居然绝食了好几天，夜里也时常听到它的叫声，撕心裂肺的。

新编东郭先生和狼

冯伟山

东郭先生骑着毛驴行走在秋日的田野上，驴背上除了一只装书的口袋，还挂着一把老旧的吉他。

他最近很烦，这些年自己拼命地教书，除了得过几本没用的荣誉证书，啥实惠也没见过。当年一起上班的同事有的当了领导，有的工资没少拿，却教着一门很轻松的副课，而自己兼任着两个班级的课程，还隔三差五地挨领导批评，真是憋屈。有好心的同事说他太直，应该逢年过节给领导送点儿礼。东郭就说："就这点儿工资，再给领导送礼,我老婆孩子还不饿死呀!"同事听了,就不吱声了。好在自己教书出众,又弹得一手好吉他,在十里八乡名气还行,赶上节假日,不少家长上门请自己给孩子补课,也多少赚点儿补贴家用。

今天星期天,东郭先生就去邻村给孩子补课,顺便教教吉他。

这时,对面的小路上跑来了一只狼,一瘸一拐的,腿上还在滴血。狼跑到毛驴前停下了,并叫了一声东郭的名字。东郭吓了一跳,说:"你咋认识我?我从未冒犯过你们狼族呀。"狼说:"这十里八乡谁不知道你东郭的大名呀,你忠厚老实,又是县级模范教师。"

东郭松了一口气,狼又急急地说:"我现在被一个猎人追杀,你快救救我吧!"东郭说:"这庄稼都收获了,又没有藏身的地方,我咋救你呀?"狼瞅着东郭说:"把你的口袋拿下来,我缩缩身子钻进去就行。"东郭面露难色,说:"口袋里装着学生的辅导材料,你进去弄得血淋淋的,我怎么用呀?"狼急了,睁大着双眼,说:"猎人马上就到了,你救了我,我会报答你的。听说你们校长的老婆养了一群鸡,晚上我去统统咬死，再在他家的门口撒泡尿行了吧？"

东郭略一思考，就打开了口袋。等东郭把疼得龇牙咧嘴的狼塞进口袋，扎好放在驴背上时，远处就传来了马达的隆隆声。

到了近前，东郭才看清那是一辆摩托车，骑车的是一个健壮的中年人，车把上挂着一把国道边上常有人兜售的那种弓弩。

他停下车，过来对东郭笑笑，问："你看见一只受伤的狼了吗？"东郭摇摇头，牵着毛驴就走。

中年人在后面突然说："多好的一头毛驴呀，你应该是东郭老师吧？"

东郭听了，停下脚步，满脸的疑惑。中年人又说："我的孩子就在你们学校，他经常提起你，寒假里我想请你给他辅导功课呢。"中年人掏出一盒"中华"，先递给东郭一支，自己也抽上，两人就聊了起来。越聊东郭越觉得别扭，一个打猎的大字不识几个，竟抽"中华"，骑摩托；自己满肚子的学问，居然还骑着毛驴，你说这世道是咋了？

看着东郭满脸的沮丧，中年人说："东郭老师，我知道你怀才不遇，我想帮帮你。我的一个远房亲戚是县教育局的干部，到时我请他通融一下，说不定对你有好处的。"东郭听了，嘴巴使劲一咧，笑了。他说："现在的动物不是都受保护，不让猎杀吗？"中年人压低声音说："是呀，我知道东郭老师厚道，就跟你说句实话吧。我这次是偷偷干的，有个马戏团的老板让我给他弄只活狼，出价一万元呢。"

东郭听了，眼睛转了几转，好像想起了什么。他挠了挠头上稀疏的毛发，指了指驴背上的口袋，说："我该走了，学生还在家等着我呢。"

中年人朝他手指的地方一看，见口袋里有东西在微微蠕动，袋口还有一片殷红的血迹，就啥都明白了。他冲东郭点了点头，说："放心，过几天我就去找我的亲戚。对了，你告诉我电话号码，到时我联系你。"东郭愣了一下，随即尴尬地一笑，说："我没有电话，你给我留一个吧。"

等中年人把口袋搬到摩托车后座上，用绳子使劲捆绑时，狼似乎明白了一切，它在口袋里大声叫骂着："好个卑鄙的东郭小人，我回来那天不会放过你的！"

瞅着摩托车远去了，东郭从贴身的衣兜里摸出一个老式手机来，拨了号码说："对不起，我现在有事不能去给孩子辅导了。"说完，他就调转了驴头。

回到家，东郭从抽屉里找出一张几天前的当地晚报，反复看了几遍，嘿嘿笑了。晚报上刊登了森林公安局关于严禁私自猎杀、交易野生动物的一则公告，其中明确规定，知道详情并对公安机关检举的当事人将予以重奖，最低一万元。

东郭看着中年人留下的电话号码，一下子激动起来。

和一只麻雀过年

冯伟山

上小学三年级时,我做了一件自己不能原谅自己的事。

那年的冬天很冷,教室里又没有取暖的火炉,下了课我们男孩子就在校园里疯跑嬉闹,一会儿身上就暖和了。有一次我不小心把裤兜里的一只鸡蛋弄破了,当时就吓哭了,那只鸡蛋是爹前一晚跑了好几家才借来的。昏暗的灯光下,爹边给我补着裤腚上的窟窿,边不停地嘱咐着,鸡蛋拿到村里的供销社能换两毛钱,让我买一个本子和一支铅笔,剩下的钱再买盐。我光着身子趴在被窝里，瞅着爹黑瘦黑瘦的脸，觉得他很苦。我是个没娘的孩子，爹为了养活我，白天在生产队干一天，晚上还要给我做饭洗衣，经常过着吃了上顿没下顿的日子，受尽了艰辛。那时千把口人的卢村，只有我家是"两根光棍"，爹和我也是被人们时常挂在嘴边的笑料。

见我弄破了鸡蛋在哭，教我的刘老师赶忙拿了一个搪瓷缸帮我把鸡蛋放了进去。中午放学时，一场大雪飘了下来。我端着搪瓷缸轻轻迈进篱笆墙小院时，爹正在天井里转着圈小跑，佝偻的身子上落满了雪花。

见我回来，他微微一笑，说："真冷啊，我运动了一下，你先进屋，我给你做饭去。"

饭端上桌，还是黝黑的地瓜面窝头和一碟咸咸的萝卜干，见我呆坐着没动，爹说："趁热吃吧，你快快长大了，咱的好日子就到了。"

我不安地说："爹，我把鸡蛋弄破了。"

爹呵呵一笑，说："你一到我身边就猜到了，搪瓷缸的口沿上粘着一片鸡蛋壳呢。没事，晚上我给你弄点儿葱花炒了吃，本子、铅笔的事我再想办法。"

爹把粗糙的大手放在我的后脑勺上，轻轻拍了拍。我嗯了一声，一口把一个窝头啃去了一半。

这时，一只麻雀飞了进来，跌跌撞撞的，在低矮昏暗的屋子里盘旋了半圈，就一头扎在了饭桌上。爹把它放在手心里，满眼慈爱地看着，麻雀抖了抖翅膀，竟没有飞起来。爹说："这鬼天气，它可能又冷又饿吧。唉，麻雀也可怜啊。"

我家没钱生炉子，屋里特别冷时，爹就找些干树枝烤火，连烟带火"噼里啪啦"烧起时，爹边咳嗽边和我说些高兴的事。说以后我们的日子会多么好，也说我娘长得多么俊，她在很远的大城市做工，我长大了，她就回来了。爹抽着劣质的自制旱烟，满脸的笑意。我依偎在他的身边，也是满脸的温暖。

爹把麻雀捧到我的被窝里，对我说："让它暖一下，咱再给它喂点鸡蛋清吧。"我点了下头，赶忙把搪瓷缸端了过去。爹用火柴棒蘸着蛋清放在麻雀嘴边，它两眼半眯着，竟一动不动。爹就用手轻轻掰开它的嘴巴，再把蛋清一点点送到里面。看着麻雀无力的样子，爹说："你去上学吧，让它睡一会儿。"

下午放学回来，我惊奇地发现麻雀站在我的枕头上四处张望呢。我大喊着："爹，麻雀活过来了。"爹站在床边，笑呵呵地看着，好像面对的是自己亲生的孩子。爹说："大毛，把那个鸡蛋给麻雀吃了吧，我看它和你像是兄弟俩呢。"我的心一紧，点了点头。

等一只鸡蛋喂完，麻雀就完全康复了。它很快活，在小屋里飞来飞去，有时还落在爹的头顶上唱歌呢。爹也高兴，就叫它二毛，还把它弄到天井里让它远飞，可二毛飞得再远也要回来。每次吃饭，它总飞到屋里，到饭桌上捡拾吃剩的饭粒，然后落在床头上欢叫。爹高兴得不行，说："二毛真是我的孩子呀，多懂事。"

一天，我正在上课，一只麻雀飞进了教室，在我的身旁叽叽喳喳地叫着，还照着我的耳朵啄了一口。我惊异地抬头看时，却看到了麻雀那双黑亮的眼睛，水晶一样，似有泪花在闪。是二毛！我突然有一种不祥的预感，拉着刘老师的手就往家跑。跨进柴门，我一眼就看到了仰卧在天井里的爹。刘老师慌忙喊来几个邻居，赶着生产队的牛车尽快把爹送到了公社医院，经过医生的抢救，爹总算活了下来。医生说，亏了来得及时，再晚就没救了。我啥也没说，心里却千遍万遍地喊着二毛的名字。

爹从医院回来后,对二毛更加疼爱了。在那个寒冷的冬天,爹满脸喜色,总说心里暖烘烘的。

眨眼,春节就到了。除夕守岁时,爹喝着自酿的白干,说:"大毛,咱爷俩过得是不容易,可这个冬天里遇上了二毛,咱爷仨不也天天快乐么?你好好学习,大了会有出息的。你娶媳妇那天,你娘会回来看咱们的。"我啥也没说,眼泪忍不住滚落下来。二毛静静地卧在我的手上抬头张望,也两眼晶亮。其实我啥都知道,我是爹捡来的孩子。爹把我抱回家时,除了那床裹身的小单被,就连我的生辰八字也不知道。

和一只麻雀过年,是我一生唯一的一次。那是1978年的除夕。

天逐渐暖和的时候,生产队里的杂活也多起来了。我上学,爹出工,二毛在家就显得孤单了。

突然有一天,二毛不见了,我和爹找遍了院子的角角落落也没找到。是遭了野猫的黑手还是中了小孩子的弹弓,我们不得而知,但爹一直坚信二毛是去找自己的亲娘了。

多年以后,我和爹终于住上了大城市的高楼,可爹并不是很开心。国庆长假,当爹知道我要陪他回老家看看时,竟高兴得像孩子似的朝老家的方向深深鞠了一躬。他说:"好啊,也许二毛也要回家看看呢。"

儿子和驴子

冯伟山

卢六三十岁那年娶了邻村的张美琴为妻，张美琴名好人孬，独眼，还跛着一条腿。但卢六不嫌，觉得老婆丑俊就是个摆设，重要的是再上坟时可以大声告诉爹娘，老卢家马上就要有后了。可谁也没有想到，儿子竟与老婆擦肩而过，一个来了阳间，一个却去了阴间。

正值青年的卢六理所当然地成了卢村的鳏夫。

在70年代初，卢六拉扯儿子的艰辛可想而知。有不少好心人就劝他，再给孩子找个娘吧。卢六头摇得像拨浪鼓，说："算了，我苦点没啥，孩子后娘的事我可听过不少哩。"

儿子渐渐大了，能走路能张嘴喊爹也能去代销店打酱油了。卢六笑着，不经意间，背却弯成了一座小桥。

一天，村里在公社联合工厂上班的卢永祥得急病死了。听说临死前两眼盯着腕上的手表就没挪开过，儿子知道父亲喜欢表，就让它陪着父亲一起进了棺材。出殡时，卢六抱着儿子跟着看热闹的人群一直到了墓地。他想不明白，那么金贵的一块手表咋就埋了呢？

第二天，村里爆出了一个惊天消息。卢永祥死而复生，救命恩人竟是卢六。原来，卢六经不住手表的诱惑，半夜去掘了卢永祥的坟，本想撸下手表后再把坟弄好，也就天知地知。可他撬开棺材后，却听见了卢永祥的一连串叹气声，他正在纳闷呢，穿着寿衣的卢永祥竟慢慢坐了起来。卢六大惊，"嗷"的一声抱头就跑。卢六吓得一夜没睡，天亮后刚想合合眼，卢永祥竟让儿子扶着找上门来了。卢永祥的儿子还扛着一把镐头，镐把上用红漆歪歪扭扭写着卢六的名字呢。卢六啥都明白了，正不知所措，卢永祥竟给他跪下了，满口喊着恩人，还把自己的手表送给卢六，表示感谢。卢六既尴尬又惶恐，哪敢要人家的手表呀，恨不能找个老鼠洞钻进去。事后，村里的老中医得出结论，说卢永祥当时是急火攻心，又恰巧一口浓痰堵在了嗓子眼。这样的蹊跷事，百年难得一见呀。

卢六一夜间就成了"卢大胆"，他的"救人"故事更是方圆几十里无人不知。望着干瘦的儿子，卢六羞愧难当，暗自掉泪，他本想弄块手表给儿子留着，大了卖钱娶媳妇的。他哪是大胆，是实在没法，穷怕了。

自此，卢六很少说话，除了拼命干活，就是悉心照料儿子。儿子真的长大了，高高瘦瘦倒也帅气，就是从不知道干活，就连吃饭也要等卢六做好端上桌来。并且脾气很大，动不动就朝卢六瞪眼呵斥。卢六啥都忍了，觉得儿子自小没了娘，也不易。

实行了责任制后，卢六买了一头小毛驴，帮着自己干些犁地拉车的重活，闲下来时就骑着它到处走走。毛驴毛色黑亮，眼睛里时常汪着水，很惹人疼。一次，卢六昏倒在地，小毛驴竟守了他一天一夜，还不断引颈嘶鸣，把路人引来，救了他的命。渐渐地，卢六把毛驴当成了自己的孩子，从不舍得戳它一指头，喂它最好的饲料，有了心事也偷偷说给它听。

小毛驴似乎很知情，对卢六越发乖巧温顺了。

就在卢六拼了老命给儿子盖了大瓦房，到处求人给他找对象时，自己却浑身不舒坦了。不是眼青，就是脸肿，有时走路腿也一瘸一拐的。有次卢六的胳膊折了，村医问他怎么了，他支吾了半天，说毛驴不听话给摔的。医生是卢六的堂哥，摇了摇头，半开玩笑地说："村里谁不知道你养的小毛驴和你亲着哩。你个卢大胆，这几年是越来越没胆了。"卢六不语，好大一会儿竟流下泪来。

日子水一样淌过，卢六却有了一种不祥之兆。总做噩梦，弄得他心神不宁，常常半夜起来望着小毛驴发呆。

终于，事儿来了。儿子非要卖了毛驴，说自己在外面欠了一大笔赌债。卢六不同意，爷俩僵持上了。

卢六说："只要我活着，就不能卖了毛驴。要不，你先弄死我吧！"

一个晚上，儿子偷偷去牵毛驴时，被拽了个跟头，恼羞成怒下就抓了一把西瓜刀捅进了毛驴的肚子。毛驴挣扎着，嘶鸣着，竟一头把他顶在墙上顶死了。

卢六忍着心痛，不说话，也不让人靠前，独自用一口上好的棺木葬了儿子,还修了个大大的坟包。旁边的小土堆里,埋着那头小毛驴。

那时,村里有专做死牛死马营生的,夜里偷偷掘开了儿子旁边的小土堆,呆了:里面竟是卢六的儿子。

鸡祸

冯伟山

二柱看见那只鸡时，它正低头耷翅地趴在自家院子里的墙根下，完全没有了往日的威风。

这是邻居赵黑子家的一只大公鸡，威猛强健，平日里四邻八舍的鸡们被它欺辱的不少。这只鸡看起人来，两只小眼睛滴溜溜地乱转，不躲也不避。那眼神，让二柱一下子想起了赵黑子看自己老婆翠花的样子，就觉得憋气，想过去踢它一脚。

他看了看那只大公鸡，心说：你的精气神呢？边想边捡了块瓦片，随手扔了过去。"啪"一声，那鸡竟一头栽倒，死了。

二柱慌了，心想：这鸡死在了自己家，他个狗日的赵黑子要跟我打起架来可怎么办？

二柱赶紧跑进屋里找老婆商量对策。翠花听了，拍了拍肚子说："吃了它，不就一了百了了？"

二柱一听就乐了："我咋就没想到呢，咱是清炖还是辣炒？"

"都躺这儿了，怎么吃还不是你说了算？"翠花边说边笑着瞅了二柱一眼。

"那是那是。"二柱乐呵呵地挺了挺腰杆，便开始拾掇起鸡来。

工夫不大，那鸡就香喷喷地被端上了桌。

二柱来到院子里，顶着白花花的太阳，偷偷朝赵黑子家瞟了一眼，顺手把门关了，回屋大吃起来。

半斤老白干下了肚，一只鸡也被两口子吃了个精光。

二柱家的大黄狗，在桌子底下钻来钻去，贪婪地嚼着主人吃剩的鸡骨。

二柱喝得有点儿高了，咂了咂嘴说："你跟了我，就只管吃香的、喝辣的吧。"

"你说谁呢,就你那点儿出息?"老婆不屑地哼了一声。

二柱也觉得自己说的话有点儿大了,忙说:"我说大黄狗呢。"他起身又去院里端了一个瓦盆过来,瓦盆里是他掏出的鸡杂碎。那狗瞧着,几口就吞下了肚。它摇了摇尾巴,去院里休息了。

二柱两口子也咂着嘴,沉浸在鸡肉的美味中,甜甜地睡去了。

临近傍晚,二柱被狗的叫声惊醒了。透过窗子,他看见那狗口吐白沫倒在地上,一命呜呼了。

翠花也被狗叫声弄醒了,问二柱:"那狗咋了?"

"撑死了吧,没出息的东西!"二柱边骂边走到院子里。

太阳已经西沉了。

等翠花来到院子里,二柱早把大黄狗吊在一棵歪曲的树干上,剥了皮,光溜溜地悬在空中。

矮墙那边传来赵黑子媳妇唤鸡的声音。不一会儿,她隔着矮墙问:"二柱兄弟,看见我家的大公鸡了吗?"

二柱大声地说:"你家的鸡到处耍无赖,怕是给公安抓住'咔嚓咔嚓'了吧。"

矮墙那边骂了句死鬼,就没了声息。

香喷喷的狗肉一上桌,二柱仍旧是半斤老白干,吃得有滋有味。等一盆狗肉填进了两人的肚子,夜已经深了。二柱端起肉盆又喝了口汤,打了个长长的饱嗝,一脸的满足。

半夜时分,二柱的肚子突然疼得厉害,浑身软绵绵的,一点力气也没有了,便忙喊老婆快打120。

等翠花打完电话,也觉得肚子有些疼了。

医院里,医生对二柱两口子进行了初步诊断后,说:"你们可能是食物中毒。"

二柱听了,满肚子疑惑,说:"我中午吃的是家里的清炖鸡,晚上吃的是红焖狗肉,咋会中毒呢?"说完,打了个饱嗝,引得周围的医生护士笑出了声。

"那这些食物你们的孩子吃过没有?这事可耽搁不得。"医生又问了一句。

一提孩子,二柱两口子才猛地想起今天是星期天,儿子上午去姥姥家了。中午和晚上,两人对着鸡肉、狗肉大吃特吃的时候,怎么就没想到儿子呢?

"没吃，孩子绝对没吃。"两口子肯定地摆了摆手。

最后，医院的化验单还是让二柱傻了眼，吃过的食物中含有大量的"毒鼠强"成分。

二柱简直懵了。

点滴从半夜打到第二天中午，二柱才觉得身上舒服了些。尽管乏力，可老白干撩人心肝的醇香还是弄得二柱想一步蹦回家。

在医院门口，翠花把收据单一下摔到地上："叫你馋！叫你馋！"边嚷边朝二柱狠狠地踢了几脚。

两口子刚到家，十二岁的儿子也从姥姥家回来了。

儿子一进家门，就伸着脖子在院子里东瞧瞧、西看看，连犄角旮旯也不放过。

"怪了，莫非碰上神仙了？"儿子嘟囔了一句。

"你说啥呢？儿子。"

"我说这阵儿，他家的大公鸡死在这里才对呀。"儿子小声说着，又指了指赵黑子家。

"为什么？"二柱吃了一惊。

"那天，咱家的大黄狗见了赵黑子家的小花狗，刚要亲热一下，当头就挨了赵黑子一砖头，险些丧了命。我气得当场就想把他废了，可看到他那个凶样，就忍了。昨天，我见他家的大公鸡在咱院子里溜达，就找了几包老鼠药，拌了一把麦粒，撒了过去……"

二柱听了，惊得嘴巴张得老大，好半天回不过神来……

一只狗的自白

冯伟山

小的时候,依稀记得那天阳光很暖,我正偎在母亲的怀里吸吮着乳头,就看见主人的门前停了一辆锃亮的小车。车的主人是个胖胖的男人,他按了两下喇叭,主人就赶忙跑到母亲跟前,一下把我拎得老高,走到胖男人跟前,点头哈腰地把我放进小车的软座上。胖男人从兜里摸出几张大票扔给主人,就发动了车。一下子离开母亲温暖的胸怀,我就"汪!汪!"大哭起来。透过小车锃亮的玻璃,我看见母亲两眼泪光,正使劲地挣着脖子上的铁链想朝我这里冲。我虽然幼小,但我可以肯定,主人把我卖了。主人是个常年贩卖我同类的人,他对我们没有丝毫的同情和怜悯。他是个有钱就叫爹的人。

那天,车开出老远,我还瞧见主人捏着钞票的手举在半空,两眼对着阳光辨认钞票的真伪。他的嘴巴张得老大,满嘴的黄牙像以往那样正散发着一股浓浓的臭味。

新主人(以下称主人)住的是一座独门独院的将军楼,院子里绿树红花,拾掇得像公园一般。我刚来那阵儿,不知道主人是干啥的,反正每天都有三三两两的客人登门造访,很有权势的样子。女主人矮矮胖胖,满脸的横肉,她每天除了吃喝,余下的时光便是逗着我玩。她每天喂我上好的奶粉,还给我洗澡、梳妆,有时嘴巴伸得老长抱着我亲个没完。女主人抹的绝对是上好的油膏,可她身上那种与生俱来的臭味,熏得我不得不扭过头去。她拍拍我的头,示意我到客厅看一看。我刚迈步进去,身子便一趔趄,我猛地收住脚步,才发现自己走进了"水晶宫"。大理石地面幽幽地泛着光泽,就连四壁的墙上也镶满了镜子,明晃晃地映得我有些晕眩。透过镜子,我一下子看见了自己当时的窘态,诚惶诚恐,不知所措。

我突然感到一种从未有过的孤独和寂寞。于是，就想起了我的母亲和兄弟姐妹。不知此时，老主人是否也将它们活活地拆散？

然而，这仅仅是一时的想念而已。没多久，女主人就把我养成了一只活脱脱的贵族狗。我每天打着咖啡味的饱嗝，在主人身边摇尾巴时，母亲那甜美的乳香已渐渐离我远去了。

主人是个局长。确切地说，是一个贫困县的局长。从前那么多的人来找主人，我只认为是主人的朋友，在一起坐坐谈心叙旧，其实他们都是提着礼物来找主人办事的。主人是个大贪，这与他的发迹是绝对成正比的。那些空手而来的人，在对主人叙说情由时，大都双眼盈泪，似乎要主人可怜他什么。这时，主人总是哼哼哈哈，一边不停地瞅着腕上的金表，一边自语着时间的金贵。那意思就差说一句："你走吧，我哪有闲工夫陪你唠叨。"客人走后，主人总是对着他老婆发脾气。女主人双手叉在肥嘟嘟的腰肢上，气势汹汹地拿眼瞪了男人许久，最后好像也觉得理亏，头一歪，竟没了言语。

说句实在话，我这狗并不笨，再加上女主人空闲里有意无意的点拨，从此，在迎送宾朋的琐事中我就逐渐成了主角。

一只狗的自白

说白了,我的工作其实是一件很简单的事情。每次有客人来找主人,只要带着礼物,我就不声不响地迎上去,先朝他摇摇尾巴表示欢迎,然后再带到客厅门口,出去的时候再用同样的办法送到大门口。对那些空手而来的人,我便扑上去,使劲地撕咬,将他拒之门外。我的这种敬业精神,很得主人的赏识,于是在众人面前就常提起我,说我多么乖巧、多么善解人意、多么的……总之,我是一条非常非常好的狗。

提得多了,好事的秘书便专门为我写了一篇文章,叫什么《局长家的狗》。文章写得活灵活现,把我写得差点儿成了局长的秘书。有所出入的是,他把我能识别礼物的能力改成了能辨别是非,还能亲好人、远歹人。文章的最后还呼吁社会各界都要学习我那种任劳任怨、忠诚奉公的精神。文章一见报,主人就乐了,稍后由小车拉着去了县城一座最豪华的宾馆娱乐去了。

几年里,我为主人默默地尽着自己的职责,虽然辛苦,可看到那些人模人样的家伙恭恭敬敬地从我跟前走过时,竟也受了感染,变得有些狗模人样了。

春节前是我最最忙碌的时候,前来拜访主人的客人有时彻夜不绝。那段日子里,我使出了浑身解数,尽量不让主人做无用之功。夜深了,俩主人在房里清点钞票和摆放礼物的声音很响,连主人的邻居都疑心是老鼠造反,连呼讨厌。

就在主人家快要变成银行和百货公司时,我听到了俩主人的一段悄悄话。女主人说:"今天张王李赵打来电话都说咱家的狗太厉害了,昨晚口袋里白装了几万块钱,愣是连门也没迈进来。"男主人说:"这狗是该换换了,是不是老眼昏花了?再说这世道也太复杂了,要不让搞电子的老高给狗头上装个监控仪什么的,凡身上带着红包来的就绿灯一亮放人,反之红灯就亮,再让狗去撕咬他、驱赶他,岂不是百无一失吗?""去你的,美事全让你占了。"女主人咯咯一笑,屋里就黑成了一片。

我听了,当时就出了一身冷汗。没想到拼死拼活地干,还是出了纰漏。想想几年来主人对我的养育之恩,就愧疚得要死。

那一阵子,女主人回娘家小住去了,饮食又不如意,我的情绪便降到了极点。那天,天上飘着雪花,大地一片银白,静极了。男主人搂着一个浓艳的女人走进门来。我刚要撕咬,主人竟抬脚重重地向我踢来。我一阵儿疼痛,就听主人吼道:

"瞎眼了？连自己人也咬！"我懵了，这个满脸浓妆、满身臊臭的女人怎么会是自己人？每次男主人搂着女人迈进家门，总是不厌其烦地对我说起这句话，可每次的女人我都不认识，他这样做不知是否对得起他的结发老婆？

那一夜，我趴在门口，听着小楼里哼哼唧唧的声音，闭上了眼睛。我太疲乏了。

太阳一竿子高时，便又有人来拜访主人了。来人提着一个大号旅行包，鼓鼓囊囊的，沉重得有些吃不消。我抬了一下眼皮，就放他进去了。直到第二天，我才知道主人家出事了，被人盗去了十万元现金。最先发现失盗的是男主人，那夜臊女人陪他睡到半夜就走了，也许是怕一早被女主人碰个正着。走得匆忙，那女人的小包忘在了床头。半晌男主人猛然想起，回家取包时，就发现丢了钱。也该那小贼倒霉，他丢弃的旅行包里，除了一堆破棉絮，再有的竟是一张身份证。根据身份证上的地址，警察几小时就将盗贼捉拿归案了。

派出所里，主人对着盗贼大声质问。也许局长审人是桩稀有的新闻，录像的、录音的、握笔的记者去了不少，把审讯室塞了个水泄不通。盗贼是附近的一个居民，无业游荡。

他说他在主人的门口暗暗观察了半个月，就发现了一个秘密，局长家的狗认物不认人，就趁机提了个装满棉絮的旅行包，走进了大门……话刚说了几句，主人的屁股就长了刺，脸也变成了猪肝色。他一把抓住盗贼的头发，狠狠地扇了两耳光，扭头走了。记者们谁都没有想到这样的结局，一个个木头般竖了很久，才哄地一下散去了。

其实，真正倒霉的是那只看门的狗，也就是我。如今，我被主人逐出家门，流浪街头已经一月有余了。眼睛瞎了，腿也跛了，往日的风采已不复存在了，我成了一只地道的落魄狗。

这时，我很自然地想到了死，死是一切痛苦的终结。阳光这么温暖地照着，心也静静的，我惬意极了。然而，快乐对于我毕竟是短暂的。在接近天堂之前，我在心里一直念叨一件事：死后如果有来生，千万别再是一只狗。

冯二的狗

郑武文

冯二有辆踏板摩托车，跑起来就像飞一样，据说最快能达到每小时二百多公里。可惜的是没有适合它奔跑的路，于是经常"呜呜"地在村头转悠。当然这不是冯二的最爱，他的最爱是趴在踏板上的长条狗。摩托车插翅能飞，长条狗简直就是"飞"，无声无息，像一阵疾驰而过的黑风。对了，冯二的长条还有一个特点，就是黑色的。

农闲的时候，冯二骑着他的摩托车，前面踏板上趴着长条，在田野的乡间小道上跑，如果发现野兔，长条就"嗖"一声跳下摩托车，像一股黑旋风，只几分钟的工夫就把兔子叼了回来……如果是晚上，不但摩托车开大灯，冯二额头上还绑一个矿灯一样的手电，冯二的脑袋一晃，那灯光就定位到了野兔。灯光就是命令，长条定会不辱使命。

别人都对冯二的长条啧啧称赞，村主任刘大炮就有点不服气。作为阳村的最高行政长官，刘大炮养成了唯我独尊的个性，而且刘大炮的狗也不是吃素的，纯种大狼狗，站起来比人还高，威风凛凛，颐指气使，非常随它的主人。刘大炮就找到冯二，说："二孩子，听说你的长条厉害，可不可以和我的战狼比试一下？"战狼就是刘大炮狼狗的名字。冯二年轻气盛，也是个不信邪的愣子，心说："别人怕你我可不怕你。"就说："刘大主任，你那狗要是吃了亏你可别找我的麻烦。"刘大炮鼻子里哼了一声，看了看自己的战狼比那长条身子大出一半还多，就是压也能压死它，就说："我是怕你哭鼻子呢。"

两个人僵在这儿，又有围观村民起哄，于是各自作准备，相隔一百米，由村会计做裁判，喊一声"放狗"……两条狗就风一样向对方扑去。

顿时惊起一片尘土，快得大家还没看清怎么回事。等到大家揉揉眼睛，准备观赏一场大战的时候，长条已经用力拖着狼狗往冯二身边走了，它在心里一定说："主人这次指定的目标有点大，拖起来真是费力。"

刘大炮看到狼狗几乎被咬断的脖子，脸上顿时挂不住了："二孩子，我这战狼可是纯种狼狗，值好几千呢，你得赔我。"冯二把长条喊回来，说："刘主任，说好了吃了亏不找我麻烦的。快回家煮肉吧，这家伙，你得找个大锅。"围观的村民哈哈大笑。刘大炮脸上红一阵白一阵，说："二孩子，你别张狂，我非治得你给我跪着。"冯二也不乐意了："刘大炮，你别来这一套，你要治了我，我晚上就让长条去找你，你的狼狗就是你的下场！"

刘大炮也就是发发狠话，找个台阶下。再说他也确实怕了这个长条，此事也就不了了之了。

冯二继续骑着踏板带着长条逮兔子。平时呢，每天都给长条割点猪头肉吃，长条要是病了，他则整夜不睡觉抱着它，给它吃药、挂吊瓶。冯二的爹看在眼里，心里酸酸的，就问："二孩子，你是待你的狗好呢，还是待你爹好啊？你都长这么大了，没见你这么孝顺过爹。"

冯二笑嘻嘻地说："我待你俩都好。要说待谁更好一点我就不说了，说出来怕您老人家不乐意。"气得老冯差点把耳光子给他甩脸上。

　　天气渐渐冷了，秋里的庄稼也收完了，天地变得一片澄明，兔子又大又肥，而且没了藏身的地方，正是长条大展身手的时候。冯二的爹却病了，而且病得很邪性，嘴眼歪斜，五官挪位还留着哈喇子，脖子也歪歪着。去医院查，也没查出什么病。阳村的武半仙来看了看，就说："这是中邪了，要驱邪啊！中邪很深，非要用黑狗血不可啊！冯二，你先去弄黑狗血，明日午时，我来给你爹破解。"

　　第二天午时，武半仙拿着一碗狗血，先用一个炊帚，在屋子里撒了一遍，然后含在嘴里，一口喷到冯二的爹的脸上。冯二的爹白了一下眼，脖子伸了伸，竟然昏了过去。武半仙急忙掐人中，洒凉水，人才苏醒过来。

　　武半仙说："冯二啊，你这孩子不真心啊，这不是黑狗的血啊。"冯二说："时间这么紧，我没地方找黑狗啊。这还是我朋友的，就是脚上有点白毛，朋友叫它雪上飘呢。"武半仙摇了摇头。冯二说："你别急，我再去找！"武半仙说："怕是来不及了，今日的时辰已过。唯有全黑狗才灵，现在都快未时了。你爹的病耽误不得,你抓紧去找狗,咱们明天再说吧。"

第二天午时三刻,武半仙故伎重演,没想到凑巧这次冯二的爹真就好了,嘴也不歪了,眼也不斜了。一家人皆大欢喜,冯二更是一直在爹面前伺候着。晚上,爹问他:"怎么没见你那长条啊?"冯二的媳妇当时就"哇"一声哭起来,爹知道用的黑狗血就是长条的血,也忍不住落了泪。冯二说:"爹,你别哭,狗我可以再养一只,可是爹我就一个啊……"

冯二出门,看到刘大炮在远处阴阴地笑。他突然想起,刘大炮跟武半仙是表兄弟啊,会不会是……转念一想,爹好了,自己还是赢了。

狗耳朵里的秘密

酉长有德

一条非常漂亮的宠物狗，绒绒的，白白的，乖乖的，怜怜的，可是，它的主人张芸每每将它带上街头，却不是让它遛街，而是希望来来往往的车流将它轧死，真真是一桩怪事。

那天，注意这种奇怪现象好久的警察肖义明，见张芸带着那条叫莎白的狗再次横穿马路，而且专拣那车流密集的档儿"穿"，根本就不顾狗时，他走上前去，很礼貌地以其妨碍交通为由，将其请到了交通岗亭，就地开始了问讯。开始，张芸一副傲慢的表情，对肖义明这一举动大加指责，弄得肖义明很难相信那些粗俗语言会从这靓丽得晃眼、娇柔得如水的女人的嘴里蹦出来。但在肖义明指出近来她对狗的一系列反常举动之后，张芸才耷下了脑袋；接着，当她抬起头来，竟已是满眶盈泪，与先前判若两人。肖义明心里一喜，想："好，有戏了。"果然，张芸说出了她的"苦楚"。

原来，张芸凭着漂亮脸蛋被人包养，成了"二奶"。起初，她对这种不劳而获、要风有风的生活，感到非常惬意，尤其是虚荣心得到了无比的满足。但随着时间的推移，渐渐地，一种孤寂感便爬上了她的心头，"老板"由于工作关系，非常忙，一般一周只在她这过一两夜，这样，偌大的房子，只有她一个活人。该购的物，购了；该看的电视，腻了，于是，一种强烈的想与人交流的欲望，便愈来愈强烈。好在，"老板"算是善解人意，替她买了一条宠物狗。这样，确实一时缓解了些无聊。但很快地，宠物便不得"宠"了，一个大活人，整天和一条不会发一言的狗在一起，能不空虚？于是，张芸走出了户外。走出户外的张芸，因其美貌，很快便惹来了一大堆男人的青睐。在这众多的青睐者中，有几个男人很快便被她收罗在了眼中。可是,当她与他们左盘右旋,准备更进一步时,"老板"却突然一改过去一周只来一两次的惯例,现在几乎每晚都来,同时对她旁敲侧击,加以警告,将她看得紧紧的。毕竟心中有鬼,她对"老板"的这种突然改变感到既费解又担心。因而,便细心地观察起"老板"来。很快,她便发现了秘密。

原来,"老板"每天早上离开时,总是抱起宠物狗,走进里间,过一会儿,才将它放出来。但张芸虽然发现了"秘密",可"秘密"究竟是什么,她还不清楚。于是,这天等"老板"离开后,她立即将宠物狗抱到怀中,从头至尾仔仔细细地审视了一遍,竟无异常。她不甘心,于是又用手从头至尾地检查起来。终于,"秘密"暴露了。当张芸用手将狗的两只很顺的耳朵翻转过来时,她惊奇地发现,里面竟然藏了一个小小的隐形无线耳机。怪不得张芸的一举一动,"老板"都了如指掌呢。

"秘密"找到了,但张芸很无奈,因为她非常清楚,这是"老板"对她的监视,她不能随随便便地将耳机摘掉或破坏掉,那样,事情肯定会弄糟。于是,她便想出了一个主意,将它带到街上去,让车将它轧死,这样,既不动声色,又解了她的心头之隐。没承想,狗没除掉,自己反被警察给注意上了。

肖义明听完了张芸的这番原委后,紧跟着逼问了一句:"那老板是谁?"

张芸刚才的那副沮丧神情,在被肖义明一问之后,很快便发生了变化,一种倨傲、凌压之情又爬了回来。她对肖义明的问话不屑地用鼻孔"哼"了一声。

肖义明见张芸态度瞬息转变,不能说不吃惊,但多年的警察经验告诉他,不能心急。"戏"的大幕就要拉开了。果然,在肖义明再三逼问下,张芸终于说出了三个字:"王朝阳。"

"王朝阳!"肖义明暗暗一惊,因为王朝阳是目前仕途上正在走红的分管经济的副市长。由于涉及政府官员,肖义明不能不慎重。于是,他便进一步地询问张芸,问她是怎么知道他是王朝阳的。谁知,张芸竟眉梢一挑,小嘴一噘,鄙夷地说了一句:"电视上的新闻节目中,他大会小会地作报告,谁不认识。"看来,问题有点棘手。于是,肖义明将情况迅速报告给了局长。局长在听取了汇报后,稍一沉吟,指示道:"一要查清事实,二要注意影响,三是不管涉及谁,只要违法乱纪,就抓!"有了这把尚方宝剑,肖义明便放下了心,展开了调查。首先不动声色地将张芸放了回去,说刚才只是一个误会;然后便暗中盯住她的住处,老百姓说"捉贼捉赃,捉奸拿双",

这道理太简单了，肖义明懂。

终于，第三天晚上，王朝阳"回家"了。隔着一段距离监视着的肖义明和另一名助手，在确定他们已睡下后，立即行动，上前敲开了门。

门开了，出现在他们面前的，张芸仍是张芸，可是，王朝阳，却并非王朝阳，尽管乍一看，他与王朝阳还真有几分相像，但他切切实实不是王朝阳。而当肖义明盘问他姓甚名谁，在何单位时，他显出了一副惶恐面容，怯怯而慌慌地答道他叫李方全。张芸一听，顿时脸就白了，上前一把揪住他，说："骗子，你不是说你叫王朝阳，是副市长吗？"李方全用力将张芸的手往外一掰，一改往日的温情，蛮横地说："那不是你自己说的吗？"张芸一听，傻了，是呀，他从没亲口说过他叫王朝阳。那天在洗头屋，张芸见他出手很大方，便格外地殷勤、卖力，将他迷得七荤八素。见他已上钩，她便及时地诉起苦来，以惹他怜香惜玉之情。果然，他提出了要跟她发展长期关系。但为了弄清他的实力，她提出想看看他的钱数。他将她带回了一幢楼房，打开门，屋内装饰非常一般，张芸霎时蔫了。但当他将她拉至房内，从床下拖出一个大包，打开拉链，张芸的眼睛一下又直了，那里面，全是一沓沓百元大钞，少说也有百十来万。见张芸表情异样，他随手从里面拿出一沓，拍到她手上，说："信了吧，包你够不？"张芸立即就像久旱遇雨，上前勾住他的脖子，嗲得发腻地给了他一个长吻。当回到客厅，他进浴室洗澡时，她随手打开电视机，电视正在播报本市新闻。张芸本来是无意看着的，但见到那个正在作报告的人时，她的眼睛不禁睁大了，播音员解说那个作报告的是副市长王朝阳，而王朝阳不正在里面洗澡吗？恰在这时，他围着浴巾出来了，她忙起身迎上去，柔情万分地先在他裸露的胸口上吻了一下，然后说："你是王市长，干吗不早说呢？""王市长"愣了一下，但当他看到电视上的新闻画面时，立即恢复了常态，忙打着哈哈说："现在你不是都知道了。"就这样，她一直就认定他是王朝阳，做梦也没想到，原来这副市长竟是个冒牌货。

听到这里，肖义明马上警觉起来，一边示意助手查一查，一边不动声色地问李方全："你能否解释一下你那些钱是从哪来的？"李方全脸上肌肉不自觉地抽动了一下。当然，这一反应，丝毫没有逃过肖义明的眼睛。正在这时，助手从房间里提出了一个包，放在了李方全面前。肖义明让李方全打开，可是，李方全一见那包，早已脸色煞白、两腿颤颤了。于是，助手伸手打开来,里面全是钱。肖义明伸手拿出一沓,看了看,再用食指和拇指夹住一张一捻一揉再一摆,然后"啪"地将钱往包里一扔,对助手说了一声:"铐上带走!"

原来,李方全是一名正在通缉的贩卖假币的逃犯。

第二辑 万物有灵

「狗选」彩票

张道余

　　李自立是个下岗工人。他先先后后经营过几个店，都亏本关门了，但他不相信自己不是一块干事业的料，便暗下决心，不闯出一条自我发展的路绝不停歇。在朋友的帮助下，他又开了家福利彩票投注站，经营了半年之后，他才发觉这个站在选址上有些问题。原本想投注站设在高档住宅区附近，这些富裕人家有闲钱来购买彩票，谁知有钱人却大多是不买彩票的，他们开着高档轿车从投注站门前经过，连车也不会停一下。李自立每个月卖彩票的收入只能勉强维持一家人的生计。

可最近的一个多月，他发觉投注站的营业额一下增加了许多。仔细一回想，主要是一个民工模样的中年人每次来都打几百元钱的彩票。

一个打工的人每隔两天就要在买彩票上花去几百元钱，难道他是举债而为？

有一次，他关切地问这位民工："王师傅，在哪里发财？"被叫作王师傅的中年人说出了一个建筑工地的名称。李自立感到奇怪："那附近不是有一家彩票投注站吗？你怎么舍近而求远呢？"王师傅憨憨地笑笑："嘿嘿，嘿嘿，我主要是不想让工友知道我花这么多钱来买彩票！"李自立好似不经意地问问："王师傅是个收入不低的包工头吧？"王师傅腼腆地搓着手："不好意思，其实我只是一个普通的砌砖工。"李自立不作声了。

一会儿，他真诚地对王师傅说："你是打工的，我是开店的，咱们挣钱都不易。买彩票这种事，对咱们来说，可不能当作事业来做，小打小闹玩玩可以，影响了自家的基本生活可不行！王师傅，你知道吧，你玩的这种双色球投注方式，中大奖的几率是千万分之一，哪会人人都中大奖呢？"王师傅欲言又止：

"这个……这个……唉!"歇了一会儿,他才说出了实情:"我哪有那么多闲钱来买彩票呀,其实我是替张青松买的!"

张青松?又是他悄悄替我做的好事!李自立过去和张青松是同一个班的工友,两人是很要好的哥们儿。张青松十年前就辞职去干个体户了,经过多年的打拼,终于经营上了一个属于自己且效益不错的小型超市。李自立下岗后,张青松多次想在经济上帮助他,都被他婉言谢绝了。张青松知道李自立的自尊心很强,就想方设法通过朋友借给李自立的妻子五万元,帮助他们开了这家彩票投注站。后来还是让李自立知道了这五万元借款的来历。李自立向张青松表示:"五万元借款我会尽快还给你!"张青松不乐意了:"就算哥们儿的一点心意行不行?"李自立回答:"心意我领了,但我总不能一辈子自己不会走路,老是依赖别人吧。"张青松见李自立钻牛角尖认死理,也拿他没办法。

现在又是张青松在暗中帮他的忙,他一个电话把张青松请到了店里,"把好心当成了驴肝肺",劈头盖脸就是一顿"刨":"你以为你手上的钱是从天上掉下来的?你还以为我不知道,你这个小超市,卖的小商品利润薄得很,每个月花几千元来买彩票,要抵掉多少营业额。把大把的钱花在买彩票上,你值不值？"面对李自立咄咄逼人的质问，张青松只有招架的功夫，哪还有还口的能力。

此时，抱在他怀中的小狗祥祥，不解地望望李自立，又昂起头来拱拱主人，心想这俩人怎么啦，平时见了怪亲热的，现在却闹得脸红脖子粗的？祥祥解不开"人事"，也懒得管这些"人事"，就在主人的怀中擦擦痒，撒撒娇，顺势翻身打了个滚，猛地一下挣开了主人的怀抱，往外一蹦。张青松本就挨着彩票投注机坐着，祥祥这一蹦，恰好就蹦在了投注机上，张青松和李自立见状，同时张开手要去抱祥祥，但还是晚了半拍。祥祥在投注机数字键盘上站立不稳，四只脚爪不停地抓搔，就听见投注机咝咝地响着，紧接着就从票窗吐出了一张彩票。

李自立取过彩票一看，是一张五注打印好了的双色球彩票，很明显是祥祥在慌乱之中踩到了机选五注的键。宠物也能自个做主"选号"打票，真叫人哭笑不得。张青松见是祥祥闯的祸，很爽快地掏出十元钱买单，却被李自立一把挡过："青松兄，你这不是打我的脸吗？你来我这里，就是我的客人，我怎么会让客人破费呢？"张青松解释道："是我的祥祥冒冒失失打的票，当然该由我这个主人负责了！"李自立可不依："你帮我的够多了，就是现在你都还在想方设法帮我。你以为我不知道,是你故意放祥祥到投注机上,让它多帮我打几注彩票,你这么千方百计地帮助我,何必呢?"两人都各说各的理,喋喋不休,还是在店里选号的两位彩民替他们解了围:"算了吧,你俩是朋友,不就十元钱吗?就给李老板一个面子,让他买单吧!"张青松见旁人都这么说,也就只得作罢。

第二天一早,双色球中奖的号码出来了,李自立不以为然地拿过彩票一对,他一下睁大了眼:这张"狗选"的彩票中的一注居然中了个二等奖!别看是二等奖,因这期中二等奖的注数不多,每注有五十多万元,扣除个税,也有四十多万元之巨呀。李自立当然高兴得合不拢嘴。高兴之余,他寻思着,这张彩票是青松兄的祥祥"选"的号,本来青松兄就要出这笔彩票钱的,是我硬挡下了,这张中奖的彩票理应归青松兄所有。咱穷虽穷,可不能把别人的财富据为己有。他一个电话又把张青松叫到了店里。

张青松颠颠地跑来,问有什么急事。李自立将一张彩票塞到了他的手里,说:"不跟你争了,你还欠我十元彩票钱呢!"张青松摸不着头脑地接过彩票,兀地愣怔了一下,又似乎明白了什么,便拿着彩票到墙上贴着的双色球中奖号码前查对。

一会儿，他突然高声大笑了起来："自立兄，祝贺你！祝贺你！真是苍天有眼，中了个二等奖呢！"

这下两人又争执起了彩票的归属问题，都言之凿凿，谁也不让谁，称彩票应该归对方所有。争论了好一会儿，张青松猛一拍大腿，提高了嗓音："自立兄，亏你还是投注站的老板，这一点你还不明白？彩票投注规则规定得明明白白，谁出的资，谁持有彩票，中的奖就该归谁！况且昨天还有两位彩民当场作见证呢！"

众人听说这家投注站里"狗选"的彩票中了个二等奖，都纷纷跑来看稀奇，把一个小小的投注站围得水泄不通。在投注站里，大家又亲眼见到投注站老板毫无半点私昧之心，把本该属于自己的奖项都要义让给别人，都齐声称赞老板仁义，品质高风亮节。众人又都一致表示，这笔奖金理应归李老板所有，李老板不该推辞。张青松顺势将彩票硬塞到了李自立手里。

兑了奖后，李自立仍过意不去，坚持要把一半奖金分给张青松。张青松哪会要他的钱，心想，我一直想帮你，你都不给我这个面子，让我没机会来表达我对你的情谊。还是祥祥理解我的心，把我想做而没做到的事给办成了。他爽朗地一笑，往李自立肩上一拍："你实在要给，就把我借给你的那五万元给了吧，省得你再有什么心理负担。当然你也要谢谢我的祥祥啰，它可是给你选号的头等功臣，你就给它买一个狗狗罐头，好好犒劳犒劳它吧！好了，别再啰嗦了，就这么一锤定音！"

说也奇怪，自那次"狗选"彩票中奖后，李自立的彩票投注站生意出奇地好。很明显，多数人是冲着老板的诚实守信而来；但也有不少人是抱着宠物来"狗选""猫选"彩票，也想试着撞撞大运的。

百万富狗

张道余

玛丽太太不幸得了绝症,将不久于人世。她没有什么牵挂,丈夫已去世多年,膝下无儿无女,唯一放不下心的是身边这只叫贝拉的爱犬。

她与贝拉相依为命,共同生活了这么些年,已建立了深厚的感情,如今是谁也离不开谁。望着依偎在她身旁的贝拉,她不由担心道,她死后,谁还会像她一样地去关心和照料贝拉呢?贝拉会多可怜啊!唔,不行,得在我闭眼之前将贝拉的一生安排好,将它托付给一个值得信赖的人。

玛丽召来了律师乔治，请他为她写下一份遗嘱。她在遗嘱中写道，她死后将自己名下一百五十万万英镑的财产全部留给贝拉。如谁能领养贝拉，并且能让贝拉过上健康快乐的生活，在贝拉自然死亡之后，就可以继承这笔遗产。为保护贝拉的权益不受侵犯，乔治律师将作为贝拉的监护人。

嗬，一只狗继承了百万英镑，贵妇的爱犬成了百万富狗，这个消息犹如一枚炸弹在人们心底炸响。不一会儿，玛丽太太的电话就热得发烫，前来应聘的人更是趋之若鹜。玛丽和律师经过严格的筛选，最后将目光锁定在詹姆斯和特威两个人身上。两个人领养的理由都很充分，到底选谁好呢？玛丽在护理人员的搀扶下，先去看了詹姆斯提供的条件。

詹姆斯简易的狗舍建在一个小山坡上，里面已经饲养了十多只品种各异的小狗。而专门给贝拉准备的一间狗舍，条件也很简陋。詹姆斯态度诚恳地向玛丽承诺，他提供的这个场地非常接近大自然，很适合动物爱跑爱玩的天性；更重要的是，他有一颗热爱动物的心，一定会让贝拉生活得健康快乐。但玛丽只是笑笑，不作明确表态。倒是特威专门为贝拉新建的狗舍让玛丽的眼睛为之一亮：嗬，这狗舍太漂亮了，简直称得上是供顶极狗全方位享受的豪华别墅。除了设施齐全的卧室和厨房外,还有供贝拉玩耍的器械和运动场,供贝拉护理和保健的理疗室,整栋别墅都配有空调不说,还装饰得特别富有狗趣。特威介绍说,他还将雇佣专业的宠物饲养员来照料贝拉的生活,每顿给贝拉吃的是营养套餐,还聘请专门的医生为贝拉定期检查身体。面对这么好的条件,还有什么可挑剔的呢?玛丽满意极了,放心地与特威签了约。

三个月后,玛丽去世了,贝拉被领到了特威为它建造的狗别墅。贝拉来到了新的环境,仍是怀念主人玛丽,成天闷闷不乐。由于专业护理人员亚瑟对它精心照料,宠爱有加,还变着法子逗它快乐,贝拉的精神才逐渐好起来。不几天,贝拉似乎已经完全融入了新的生活环境,在狗的乐园里尽情撒欢。

医生卡特每星期两次来给贝拉检查身体,律师乔治不定期地来到狗舍,检查和监督贝拉的生活质量。贝拉就这么无忧无虑地生活着。

一个多月后,问题来了。因喂养贝拉的成本太高,每天得花费一百多英镑,一大群供货商、供水供电等部门都相继找上门来了,要求主人缴纳欠款。特威只得一次次向他们说情,希望能宽限些时日。可这些催讨者都表示要收回资金周转，没有等下去的耐性。

这天，亚瑟向特威反映，贝拉的情绪不对，可能身体出现了问题，特威赶紧通知医生卡特。卡特看过贝拉，说是饲料太精了，贝拉的身体缺少某些微量元素，给它补充些微量元素就行了。此后，卡特每天都来给贝拉注射一针。但贝拉的身体不但没有好转，反而一天比一天差了。

亚瑟怀疑主人和医生勾结起来搞名堂，他把自己的想法悄悄告诉了律师。乔治很重视这个情况，叮嘱亚瑟一定要注意搜集证据。

六个多月后，贝拉竟死了。亚瑟十分悲伤。亚瑟虽然年轻，但他已是一名养狗专家，经验相当丰富，他接手贝拉时，就推测出贝拉应该还有八年的自然寿命，可是现在只活了半年就突然死了，这里面肯定有鬼。

在律师乔治的主持下，法医和兽医对贝拉的尸体进行了解剖，解剖的结果是，贝拉系正常死亡。玛丽的遗产由特威继承。亚瑟却对贝拉的死因提出了异议。他说贝拉是因为注射了过量的微量元素，导致冠状动脉受损，在奔跑戏玩时，诱发了心脏病而突然死亡。这是医学院的著名教授在送去的样品做出的化验报告上所得出的结论。

特威和卡特不同意这种观点，称整个过程都是经律师乔治的同意并在他的严密监视下进行的，尸体解剖也证实属正常死亡，贝拉的死与补充微量元素没有关系。

亚瑟把官司打到了法庭。他在法庭上提供了一份讲话录音，里面有特威与卡特谈到贝拉还需注射多少针才会死去的内容。法官采信了这份讲话录音，结合医学教授所做的结论，认定贝拉系慢性谋杀致死，特威无权继承玛丽的遗产。

当法官宣布玛丽的遗产应该上缴充公时，乔治却发言了："且慢！"他当即出示了一份文件，是玛丽遗嘱文书的补充条款。补充条款上说，如贝拉非正常死亡，她的财产则由乔治继承。法官接过补充条款，验明文件真实有效，即改判财产由乔治继承。

特威在被告席上气得直打哆嗦："乔治，你这个大骗子，给贝拉注射微量元素是你出的主意，卡特不愿这么做，还是你把他买通的。我原以为你只是想尽快得到遗产的一半，谁知你竟要独吞整笔遗产！"

原来是律师搞的鬼！乔治贪婪的嘴脸和卑劣的手段在众

人面前暴露无遗,法庭上一片哗然。

乔治气急败坏,暴跳如雷地吼道:"特威,你不要血口喷人!你说我出的主意,还说我买通了卡特,你有什么证据?"

特威泄气了。如今他和卡特都站在了被告席上,他俩说的话还有谁信?特威气得直翻白眼。

"我有证据!"亚瑟嚯地从原告席上站了起来。他又向法官提供了一盒录像带,上面录有乔治收买医生卡特的全部过程。"乔治,你不是叫我注意搜集证据吗?其实为了保护贝拉,我早就在搜集证据了。你想不到吧,贝拉其实没有死,它还健健康康地活着!"亚瑟拍了一下巴掌,就从旁听席的人群中跑出了一只活蹦乱跳的狗,后面跟着的是饲养它的詹姆斯。这会是玛丽太太留下的那只狗吗?全场所有的人都瞪大了眼睛!

后来经基因库验证,这只狗确实是玛丽留下的那只爱犬贝拉。

这是怎么一回事?原来,贝拉初始发病时,卡特给贝拉看过病后,贝拉的精神就好起来了。可是不知为什么,卡特后来又给贝拉注射针药,贝拉就出现了异常反应。护理员亚瑟对卡特的行为产生了怀疑，就悄悄地拾了一支用过的针药玻璃管，将里面的残液拿去化验，化验的结果让他大吃一惊。为了保护贝拉，他从詹姆斯收养的一群流浪狗中，选出了一只与贝拉十分相似的病狗代替了贝拉，贝拉就交由詹姆斯秘密喂养起来。为了唤醒卡特和特威的良知，他曾多次制止他们不要再给"贝拉"注射这种药了。可是只停了几天，他们又继续注射。其间是亚瑟的朋友帮助他取得了乔治出面收买卡特的证据。

法庭第二次开庭时，大家把目光齐刷刷地投向了亚瑟，认为他是此案中最大的赢家，他将获得玛丽一百五十万英镑的遗产。可亚瑟却说，贝拉的领养权和玛丽财产的继承权应该归詹姆斯，他是受詹姆斯的委托才来到特威处应聘担任贝拉的专职护理员的。嚄，原来幕后的操纵者竟是詹姆斯！大家不由对詹姆斯的动机产生了怀疑。

詹姆斯对此做出了解释：是的，他应该是玛丽财产的合法继承者，这不能不说是玛丽太太生前的先见之明。"她将遗嘱的补充条款之二给了我，说是如果乔治律师也参与谋害贝拉，她的遗产将由我来继承。"

被告律师却对詹姆斯的举动提出了疑问："既然玛丽太

太那么信任你,为什么当初没把贝拉交给你领养?"

詹姆斯答辩道,道理很简单,玛丽太太是既想让贝拉享受舒适奢华的生活,又对贝拉的安全不放心。

庭审至此,法官将财产继承权判给了詹姆斯,詹姆斯却出人意料地表示他不会接受这笔遗产。他说,他非常热爱动物,是市动物保护协会会员。他已经收养了许多流浪狗,也有能力让贝拉生活得健康快乐。他已郑重地做出决定,将玛丽太太这笔财产捐献给市动物保护协会,用以救助那些无家可归的小动物,让玛丽太太热爱动物的精神能够发扬延续。他还兴奋地告诉大家,贝拉已经怀孕了,将会有更多的小贝拉诞生,贝拉永远与人类相伴,相信玛丽太太的在天之灵一定会非常欣慰。

詹姆斯的义举赢得全场一片掌声。

飞进绑架案的鸽子

张道余

刘一飞下班回到家才猛然想起,妻子早晨离开时就有交代,她要参加他们单位组织的为期七天的外出旅游,让他每天下午六点钟准时到幼儿园去接儿子。刘一飞一摸衣袋,却没有幼儿园发放的接送卡,他赶忙打电话给在外的妻子,问她是不是忘记把洋洋的接送卡给他了,妻子回答:"怎么没给你?早晨我送了洋洋上学后回家,亲手将卡交到你手上的,你再找找看!"刘一飞说:"到处都找遍了,都没有呢。"妻子急了:"还不快到幼儿园去,把情况说明，接回孩子！"刘一飞这才急忙地赶到小天使幼儿园，可是晚了，幼儿园的老师说，刘洋已被一个持卡的四十多岁的中年妇女接走了。刘一飞感到纳闷：这个中年妇女会是谁呢？可别遇上一个拐卖儿童的人贩子啊！

刘一飞是信息研究所的一名工作人员，幼儿园的接送卡还是他建议并帮助设计的。现在看来，这个接送卡的设计存在疏漏，出于职业的习惯，他马上考虑到应该设计成一张磁卡，家长将预设的密码输入磁卡内，刷卡通过后方可接人，这样就可以避免接送卡遗失后孩子被别人冒领了。

刘一飞回到家，马上打电话给亲戚、朋友和洋洋可能到的地方去询问，结果都回答说没见到洋洋。此时妻子又打电话回来询问洋洋的情况，刘一飞担心妻子着急，只得先用假话搪塞："啊，我搞忘记了，我把接送卡给了大姐，洋洋被他大姑接去了。"妻子这才放了心。

刘一飞正急得不知怎么办的时候，他的手机响了，传来了一个恶狠狠的年轻人的声音："你是刘一飞吧，你的儿子现在在我的手里！你赶紧给我送二十万元钱来，我就还给你儿子！"天哪，儿子竟是被绑架了，刘一飞被惊出了一身冷汗！

救儿子要紧,但他哪里能拿出二十万元的赎金。他与绑匪经过一番讨价还价后,最后绑匪做了让步,答应十万元放人。绑匪警告他,不许报警,如果报了警,就只能得到儿子的尸体。

经过再三考虑,刘一飞还是报了警。警方对这桩幼儿绑架案十分重视,立即成立了专案行动组。专案组决定,首先应找到从幼儿园接走刘洋的中年妇女,弄清中年妇女与绑匪之间的关系,然后顺藤摸瓜,抓到绑匪,解救孩子。警方嘱咐刘一飞,绑匪再来电话时,尽量与他周旋,拖延时间,以便从电话中查到绑匪所在的位置。

第二天,绑匪又给刘一飞打来电话:"钱准备好了吗?"刘一飞故意在电话里与他拖延:"还差两万,有一个朋友答应借给我,他过两个小时后给我送来。""那好,明天中午一点钟交钱,到时我会通知你具体地点!"刘一飞担心绑匪有诈,提出要听听孩子的声音,绑匪说:"你放心,你的孩子活得好好的!"说完一下就挂断了电话。

警方通过电信局查到,绑匪打电话使用的是充值卡,没留下身份证号码,通过电话寻找犯罪嫌疑人这一条线索断了。

不一会儿,绑匪又来电话了,里面传来了儿子的哭喊声:

"爸爸，快来救我！"作为一个科技工作者，刘一飞一下就听出了破绽："不对不对，你这是放的录音，快把我的儿子叫来，我要跟他通话！""哎，你这个人怎么这么啰唆，你儿子真的没事，你要是不相信，你要问他什么，尽管说来！""好吧，洋洋，我们约好的，这个星期天要到哪里去玩，你记得吗？"隔了好一会儿，才听到电话里传来孩子的声音："爸爸，说好了的，我们要到游乐园去玩，你快来接我啊！"虽然仍是放的录音，但儿子对住了他的问话，说明儿子的生命没出问题。刘一飞放心了，他估计藏孩子的地方通不了电话。

约定交钱的时间快到了，绑匪来了电话："你赶紧打的到二号桥头，只准你一个人前去，我们一手交钱，一手交人！"警方获此消息，赶紧重新做了部署。刘一飞带着钱包，匆匆赶到位于东郊的二号桥头，等了许久，都不见有人上前搭理。此时他的手机又响了，绑匪突然把地点改在更为偏僻的西山脚下。刘一飞又急急忙忙赶到西山脚下，在那里转悠了一个多小时，也不见绑匪露面，只得失望地回到了家里。

晚上，刘一飞在家门前收到了一封信，信封里只有一张超市的寄物存根。不一会儿，他的电话就响了，绑匪告诉刘一飞，他不要现金了，要刘一飞将钱打在信用卡上，必须按照他提供的数字设置密码，让他把信用卡放进超市的寄物箱里。警察在一旁听出了绑匪的用意，认为这是一个抓住绑匪的机会，忙点头向刘一飞示意，刘一飞赶忙在电话中表示："行，明天我就去银行办理！"

谁知刘一飞第二天从超市的寄物箱取出的一只饼干纸盒里，放着的却是两只活生生的鸽子！这是一对信鸽，信鸽的脚上，各系着一个小布袋。绑匪的用意很明显，是要让刘一飞将信用卡放进小布袋里，让鸽子给他把卡带回。这就是说，绑匪不会来超市取卡了，警方在超市抓捕绑匪的计划落了空。用无辜的信鸽作为绑架诈钱的帮凶，真是见所未见，闻所未闻，这绑匪为达目的真是绞尽了脑汁！警方不同意将信用卡放进小布袋，认为鸽子一飞走就没法跟踪到它的去向。刘一飞则担心如不让鸽子把卡送去，绑匪会丧心病狂地撕票，儿子的生命重于一切。经过慎重考虑，警方决定让刘一飞将十万元打到十张卡上，让绑匪到银行多次提款，警方才有更多擒获他的机会。

话说绑匪李智，是住在城郊的一个失去土地而又不愿意接受工作安排的农民。他好耍点小聪明，成天都梦想着发财，却总找不到发财的机会。这天，他无意中拾到了一张幼儿接送卡，仔细一看，上面有幼儿的姓名和照片，还有父母的姓名和联系电话。于是他眉头一皱，计上心来，一个发横财的罪恶计划就在他头脑中形成。他知道，这种绑架案的风险很大，他得处处设防，步步为营，既要让发财梦成真，又要躲过警察的眼睛。于是，他在劳务市场上找到了一个中年妇女，先给了她一百元，让她持卡去把洋洋接出。然后又给了她五百元，告诉她像她这种年龄的女人在城里不好找工作，让她依旧回乡下去。中年妇女听从了他的话，拿着六百元回家去了，警方自然无从查到她的踪迹。

李智连哄带骗地将刘洋带到了自己的家，将他锁在了家中以前储藏红薯的地窖里。他敲诈刘一飞十万元赎金，两次都在约定的地点，偷偷地看到了背着钱包的刘一飞在那里焦急地等人。他看出刘一飞以钱赎人是有诚心的，但又担心周围有警察埋伏，为保万无一失，他才改用自己驯养的信鸽帮忙。他不由为自己主意的高明而得意忘形：哈哈，用鸽子去带回信用卡，我不用抛头露面卡就到了我的手里。你刘一飞要是在卡上搞什么名堂，我在银行里没取到钱就不会放人，难道你刘一飞还敢拿自己儿子的性命开玩笑不成？可是，寄物存根已经交给刘一飞一天了，怎么还没见鸽子飞回？难道他真的在搞什么鬼？他赶紧打电话给刘一飞。刘一飞说，信用卡已经办好了，他妻子突发疾病住进了医院，他现在守在病房里，马上就抽时间去一趟超市，请他稍等一会儿。

一个多小时后，两只信鸽扑腾腾地飞回他家的鸽笼里，李智赶紧从小布袋里取出一看，每只袋里都放着三张信用卡，其中一只袋里还夹有一张刘一飞写的小纸条："爷，为方便你随时提款，我为你办了十张卡，每只鸽子只能带走三张，还有四张卡等我儿子放回来后，我会用同样方式带给你！请爷放心！我求你了，高抬贵手，快放回我的儿子！"李智不禁暗喜：虽然只收到六万元，但这没一下子给全的六万元，反而让人感到真实，使人放心。他想，既然六万元已经到账，孩子还在我的手上，剩下的四万元还怕你赖账不成？正当他沾沾自喜的时候，一群警察从天而降，以迅雷不及掩耳之势，将他逮了个正着。警察明确地向他指出，刘洋就藏在地窖里，李智只得乖乖地在前面带路，警察很快就从地窖里解救出了孩子。

这是怎么一回事？警察为什么能迅速找到绑匪藏身的地

方？原来，刘一飞所在的信息研究所，应某自然保护区的要求，成功研制了一种微型传感识别器。这种微型传感识别器可以植入野生动物的皮下，从而跟踪野生动物的行踪，了解它们的生活习性。绑匪用鸽子传递信用卡启发了刘一飞，刘一飞征得警方和所里的同意，将一枚传感识别器植入其中一只鸽子的体内，并协助警方利用跟踪仪及时掌握了信鸽的行踪，从而准确地找到了犯罪嫌疑人。

　　李智虽机关算尽，但他怎么也没想到，作为他得力帮凶的信鸽，却成了帮助警方破案的功臣！

斗狗

辛立华

鸡刨猪拱，各走一路。这两年，吴村的三奎，靠斗狗竟也发了财，有钱就折腾。先是买了一辆大摩托，有事没事就往县城跑，进歌厅，泡舞厅，大把地往外甩钱。没多久，摩托后面就多了一个年轻漂亮、比他小十多岁的女人。他老婆不干了，就三番五次地跟他吵架，但都无济于事。亲朋好友也劝，好话赖话能拉一火车皮，连劝他的人都烦了，可他就是充耳不闻、我行我素。最后，老婆还是无奈地带着刚上小学的儿子离他而去了。这反倒合了三奎的意，美得他抽空就把大摩托一开，年轻漂亮的女人一搂他的后腰，东一头西一头地可村子显摆，一脸的万分得意和藐视一切。他那条自称常胜将军的给他带来经济效益和漂亮女人的纯种狼青狗，也跟着三奎向它的手下败将们抖威风。人不可一世，狗也狂得不行。

三奎如此的风光和得意，开始，村里人是打心里羡慕的。尤其是那位年轻漂亮的女人，更是让不少的已婚男人想入非非。后来，这种羡慕却渐渐地转化成了忌妒。再后来，由于三奎在斗狗上总是连胜不败大把赢钱，且又将结发妻子和儿子一脚踢出门外，人们就从忌妒转化成了憎恨。再望见三奎骑着摩托带着那漂亮女人和他的狗招摇过市，人们就都恨得牙根发痒、怒火中烧，恨不得三奎的摩托车一头撞在树上，让三奎从此在地球上消失。狗们望见三奎的狗，就都竖起尾巴瞪着一双红眼，恨不得一齐扑上去将三奎的狗扯个粉碎。

三奎和他的狗，从此成了村里斗狗人和狗们的死敌。

这里说的斗狗，不是像西班牙斗牛那样人跟狗斗，而是狗跟狗斗。两条狗互相残杀，哪条狗斗败了，哪条狗的主人就得按事先讲好的价钱，如数把钱付给得胜方狗的主人。当场兑现，不能含糊。

在早，村里养狗的人是不怎么多的，而且养的大都是柴狗，个头不大，什么颜色的都有，蔫头耷脑的，见着人老远就跑。夜里看家，贼扔给一块白薯，狗就替贼看着主人了。所以主人就不精心喂，饿得狗整日可着村子转，见一个小孩儿蹲着，狗就在旁边等着，一副迫不及待的样子。

具体说村里人是从什么时候开始兴起斗狗的，怕是谁也说不准。

开始，只是几个闲得无聊的小子为了打发寂寞的时光，经过挑拨，让两条狗在野地里撕咬一番。胜了，也就胜了；败了，也就败了。什么赌注也没有，完完全全的是为了开心。自己的狗斗胜了，顶多高兴一阵儿；自己的狗斗败了，也就骂狗几句。人与人之间，什么也没有，照样说说笑笑亲密无间。狗与狗之间，同样也没什么，仍是追逐嬉闹亲亲热热。

后来，有人发现自己的狗总是赢，就滋生了赌的念头，一说，就有人响应，就开始有了赌注。或一盒烟，或一瓶酒。几块钱的事，谁也不放在心上，输就输了，赢就赢了。可是，当一盒烟或是一瓶酒亲手送到别人手里时，心里就不平衡了，就暗暗下了要找回来的决心。而赢的一方，就有了胜者为王的感觉，拿着战利品，表情就有了异样，走路的样子也不比往常了。这么一来就有了刺激，就拿斗狗当成一回事了。胜的，自是洋洋得意，对狗，就多出了几分爱。输的，自是尴尬沮丧，狠踢自己的狗几脚以此激起狗的斗志，伺机再战。这时再看对方的人，目光就有了敌意。狗与狗之间，也会相互叫几声。或不服，或得意。

再后来，斗狗就演变成单纯的赌了，参赌的人和狗的数量也开始逐渐增加，且速度快得惊人，像流行性感冒，像台风登陆。一盒烟或一瓶酒是说不出口了，直接说钱。十块八块不行，最少五十。价钱讲好，双方就把自己的狗拉进场子。此时的这些狗，再也不用人们来挑拨了。一场场的搏斗，不管参过战的还是观过战的，都已经从战例中和主人的脸上领略出了搏斗的内涵与胜负后的结果是什么。所以，两条狗的目光一对视，双方的眼中即刻就射出了杀气。哪怕刚才还在一起嬉闹玩耍，只要一被主人拉进这个充满了血腥味儿的场子，就都有了仇恨，就都有了一口将对方咬死的心态。

为此，村里的残狗就逐渐地多了起来。这些狗都是在即将被对手咬死的时候，或是战败后要被主人杀掉吃肉的生死关头夺路而逃的。这些昔日的对手在遭到同样的命运后，大都不计前仇地又走到了一起，在茫然之中相互依赖地苦度残生！

随着斗狗愈演愈烈，不但赌注大幅度上升，斗狗的场子也增加了好几个。如此一来，吴村的人便都养起了狗，训起了狗，人人说斗狗之事，户户有犬吠之声。再进吴村，便睁眼是狗闭眼是狗了，大的小的、肥的瘦的、黑的白的、公的母的，条条红着一双眼，时时做着就要厮杀的准备。如果有一条狗叫出声来，便会引起全村的狗一同狂叫，像是当年鬼子要进村。狗一叫，即刻牵动了吴村斗狗人的每一根神经，浑身刹那间就会亢奋起来，恨不得当即就从别人的兜里把钱掏出来揣进自己的腰包。吴村人的发财梦，鬼使神差般地落在了狗的身上。

面对愈演愈烈的斗狗，有人清醒地意识到，既然斗狗，既然想以斗狗换来一切，光靠狗玩命是不行的。要想常胜不败，就得有一条好狗，就得有一条能征善战、训练有素且要压倒一切的好狗。而能找到好狗、发现好狗、训练出好狗，还得有比狗更精明的人。只有这样，人与狗才能合为一个整体。人靠狗威，狗仗人势，人狗一心，才能在斗狗中永远处于不败之地。

村里的三奎，就是在屡次失败的状况下，在输掉了大笔钱的情况下，首先意识到了这个问题的人。意识到了这个问题后，他一怒之下杀掉了给自己带来如此惨状的两条柴狗，只身一人悄悄地奔向离村子几十里外的狗市。

　　三奎在狗市上整整转悠了一个上午，临近中午的时候，才经内行人指点和精心挑选，看上了一条价钱昂贵的名叫闪电的正值壮年的日本狼青狗。绰号叫老屁的卖狗人告诉三奎，这条日本狼青狗之所以取名闪电，是因为它不仅行动敏捷得快如闪电，更主要的是它特别通人性特别忠于主人，只要主人向它发出攻击的信号，它就会奋不顾身地冲上去拼杀。哪怕对方是头狮子，他也会以死相拼且往往取胜。老屁见三奎将信将疑，就让三奎在几十条狗中选一条他认为最厉害的德国黑背，和卖狗人讲好了价钱后，老屁当即就把钱如数付给了那个卖狗人。而后，老屁对三奎说："让我的闪电和这条狗斗，若是我的闪电败了，我自认倒霉，你不用花一分钱，这条黑背就归你了。若是我的闪电胜了，不但闪电的钱你分文不差地给我，那条黑背的钱，你也得如数给我。怎么样？"

　　三奎连眼都没眨一下就点了头。

　　老屁没有说大话。三奎亲眼看到，体大魁梧的黑背和身材苗条的闪电斗上没有两个回合,就被行动敏捷的闪电一嘴击中了要害部位,黑背惨叫一声就屈膝投降了。三奎兴奋地高喊一声"好",当即掏出两条狗的钱,拉上闪电如得胜将军一般回了村子。

取胜心切的三奎在买回闪电的当天下午,就信心十足地把闪电拉到了斗狗的场地,指着闪电趾高气扬地向在场的斗狗人炫耀一番后就开始宣战。不但话说得如此之狂,而且赌注大得惊人,整整两千元。

当时,村里的狗经过无数次的决斗之后,已经决出了几条公认的冠、亚军狗,而且也斗出了几条比较成文的章法,大体是:不论什么样的狗参加战斗,双方狗的主人必须达成协议,主要内容是自己的狗斗败后不许耍赖,更不许指桑骂槐或当众打狗。狗的大小要双方认可,赌注要事先讲妥,而且要有公证人。谁的狗斗败了,哪怕当场被对方的狗咬死,钱也不能少给一分地当即兑现,而且双方的赌注要事先掏出来交给所谓的公证人。胜负决出后,如果有不服的要拿自己的狗跟这条刚刚取胜的狗接着斗,败了后就要多付半倍的钱。如果这条狗又胜了,还有人想拿自己的狗跟这条狗斗,那价钱就要多出原价钱的一倍。理由很简单，连续作战，累。两条狗相斗，必须是同性。公狗与公狗斗，母狗与母狗斗。如果公狗与母狗斗，准坏菜。它们可不管当不当着众人的面，就会肆无忌惮地做出种种丑态来，让人们看着尴尬，让狗们看见后会大大丧失战斗力。

三奎如此狂傲、如此不可一世，即刻激怒了众人，纷纷嘲笑三奎。有的说，你已经杀了两条狗了，就发发慈悲放掉这条狗吧。有的说，就你这条狗，瘦得像一只大个儿的黄鼠狼，还想跟这些狗斗？你这不是草菅狗命吗？有的说，把你那两千块钱收起来吧，再输了，当心你老婆跟别人跑了。还有的说……

面对众人的种种嘲笑和挖苦，三奎只是淡淡地一笑，说："你们不敢就说不敢，扯这些有什么用。黄鼠狼？懂吗你们？这是纯种的日本狼青，绰号闪电。刚才我不是吹牛皮说大话，说实在的，就你们这些狗，有一条算一条，哪一条也不是我闪电的对手，不然的话，我也不敢下这么大的赌注。我还告诉你们，从此以后，我这闪电就是全村的狗王了。谁要是不服，就把你的狗拉过来，是英雄是狗熊，比呀。"三奎狂妄到了极点，他的闪电也是一副老子天下第一的神态，在不屑一顾地望着周围的狗们。而周围的那些狗，也同它们的主人一样，不但对闪电充满了鄙视，而且都是一副跃跃欲试的神态。

有绷不住的，当即就把他的狗拉到了三奎的面前。

此人叫老猫，斗了有一年多的狗了，连人带狗，也算是久经沙场了。他的这条狼狗名叫赛虎，在屡次的斗狗中一直处于领先地位，在村里所有的狗中，也算是亚军级别了。

老猫刚把赛虎拉进场子，赛虎就冲三奎的闪电发出了"呜呜"的警告，一只后爪在狠狠地刨地，即刻扬起一片狼烟。这是赛虎的一贯战术，往往在一开始就从精神上战胜了对方，也就在频繁的斗狗中一直处于领先地位。然而，此时三奎的闪电却不吃赛虎这一套，不但对赛虎的行为视而不见，还悠然自得地在用前爪挠自己的耳朵。那样子，明显没把赛虎放在眼里。

闪电的如此表现，首先激怒了老猫，他性急地问三奎同不同意跟自己的狗斗，三奎微微一笑地点了一下头。老猫见三奎点头了，就把两千块钱递给了公证人。待三奎也把两千块钱递给公证人后，老猫便迫不及待地问三奎是否开始。见三奎又点了头，他猛地冲赛虎喊了一声："上！"要是放在往常，赛虎听到老猫的命令，即刻就会猛扑上去，以饿虎扑食的动作和气势，很快就能把对方击败。而这次，赛虎却一反常态地没有即刻扑上去,而是围着三奎的闪电小心翼翼地转圈儿,迟迟不肯出击。老猫一见,心顿时就凉了半截。

就在这时,只见三奎迅速将手指放进了嘴里,响亮的口哨声即刻从他的口中传出。再看闪电,已随着口哨声以迅雷不及掩耳的速度扑向了赛虎。还没容人们看清是怎么回事,赛虎已经惨叫一声倒在了地上。它的喉咙,正在往外涌着鲜红的血。而此时的闪电,却静静地站在三奎的面前,若无其事地看着奄奄一息的赛虎。从始至终,三奎的闪电一声未吭。

所有的人都惊呆了,所有的狗也都惊呆了。

老猫长叹一声,默默地离开了斗狗的场地。

三奎首战告捷,激动得拿钱的手竟有些抖。他把钱装好后看了一眼闪电,宠爱地抚摸了几下闪电的头,继而又狂傲地对众人说:"怎么样,我三奎没有吹牛吧?如果有不服的,可以接着来。"

自然是没有人敢应战。

一夜间,三奎和他的狗就成了吴村的焦点,街头巷尾、家家户户议论的话题,都是三奎和他的狗。

那天没有亲眼看见三奎的闪电斗败赛虎的那几个冠、亚军的狗的主人，对传说中的三奎和他的狗自然是持怀疑态度。他们认为，像三奎这样的人，是不可能弄到如此厉害的狗的。在名与利的诱惑下，他们纷纷拉来自己的狗和三奎的狗一比高低。其结果可想而知。在三奎的闪电屡战屡胜的状况下，赌注的价码也一路上升，高得让人咋舌。最后的几场斗狗，赌注已经升到了上万元。而最后一场，闪电是在连续与四条狗激战后而成为真正的狗王的。三奎，也就凭着一条狗发了大财。闪电成了狗王以后，就再也没有人敢拿自己的狗和三奎的闪电斗了。

有人计算过，在不到一年的时间内，全村所有公认的冠、亚军狗被三奎的闪电斗败的足有十几条，而那些明知自己是鸡蛋却非要往石头上撞的狗就不计其数了。也就是从那时候起，三奎开始变坏并最终成了抛妻弃子的歹人。吴村所有斗狗的人和狗，从此也都恨上了三奎和他的狗。有人在偷偷地加紧训练自己的狗，想在某一天在全村人面前来个一鸣惊人；有人在暗暗四处淘换好狗，下决心要斗败三奎和他的狗；有人在私下里串联，想让他们的狗联合起来对三奎的狗来个突然袭击；也有人报仇心切，想找个机会亲自出马除掉三奎的狗……为了一条狗，整个吴村，被同仇敌忾的气氛笼罩了。

一只狗的自白

老琦就是在这种气氛中出场的。老琦不姓琦,再说也没有姓这个琦的。只是因为他的长相和一身肥肉酷似喜剧演员李琦,村里人就都叫他老琦了。其实他才三十多岁。

那天下午,刚刚赌麻将赌输了的老琦到村后散心,正巧碰上一群人在斗狗。在早,老琦对斗狗不但不看不参与,而且还看不起那些热衷于以斗狗来赚钱的人。他说作为一个老爷们,要想赚钱,就得凭自己的真本事,哪怕是赌,是抢,也比靠一条狗赚钱荣耀。一个大老爷们靠一条狗玩命给自己赚钱,是赖子才干的事,不如乞丐和捡破烂的。

那天,也许是鬼使神差,也许是天意,老琦的双腿竟迈向了斗狗的场地,还身不由己地挤了进去。当时,正是两条狗就要斗出胜负的时刻。老琦清楚地看见,一条大黄狗正在撕咬着倒在地上的一条黑狗。黑狗仰面躺在地上,一边躲闪着黄狗袭来的利齿,一边拼命地用四爪蹬挠着骑在自己身上的大黄狗,使得大黄狗的嘴一时很难击中黑狗的要害部位。而双方狗的主人,都在拼命地鼓励着自己的狗。他们满头是汗,手舞足蹈,面目狰狞地对着自己的狗大喊大叫,看那样子,两个人随时都有大打出手的可能。

两条狗又斗了有五分钟的时间,大黄狗突地一个急转身就转到了黑狗的前面，还没容黑狗反应过来，大黄狗的嘴已经准确无误地叼住了黑狗的一只耳朵。黑狗一声惨叫，就举爪投降了。

众人一片欢呼。

黑狗的主人一屁股坐在了地上，大口大口地喘着粗气。

公证人将一把钱递给了大黄狗的主人，说加上你自己的五百，正好一千，你数数。大黄狗的主人接过钱很是礼貌地对黑狗的主人说了句谢谢，就心安理得地把钱装进了自己的腰包。

把这所有一切都看在眼里的老琦心里不由得一动，心说怪不得这么多人都这么热衷于斗狗，原来这钱来得也很容易啊。他想起了三奎，想起了三奎和他的狗，就仔细地扫视了一下周围的人和狗。当他确认三奎和他的狗都不在场时，就问旁边的人："三奎和他的狗怎么不在场？"旁边的人告诉老琦："人家三奎说了，他眼下是名人，他的狗是狗王。咱们这些狗，根本不配跟他的狗斗。"

老琦一听就来了气，说："他三奎是不是也太狂了？"那人说："狂不狂的先不说，反正眼下是没有人敢拿自己的狗跟他的狗斗了。也就难怪他三奎说他的狗是常胜将军，天下无敌……"

　　老琦没有说什么,把牙一咬就悄悄地离开了斗狗的场地。

　　其实,老琦早就听说过三奎和他的狗,只是一直醉心于赌麻将,也就没把这事放在心上。本来老琦也是个争强好胜处处都要高人一头的主儿,现在又亲眼看见了斗狗的场面和高额的赌注,心里就萌发了要把三奎斗下去的决心。他和三奎曾经是麻将桌上的死对头,但又一直没有分出胜负。现在,老琦要以斗狗来斗败三奎了,更关键的是要把三奎的钱全部装进自己的腰包,甚至包括三奎那不知从哪儿弄来的漂亮女人。老琦也自信能够斗败三奎。此时的老琦彻底地改变了他以前的看法。娘的,眼下甭管是黑道还是白道,能弄到钱就是道,能高人一头就是能人,能斗败对手就是强人。

　　第二天一大早,老琦就奔向离村子几十里外的狗市。老琦在早也玩过狗,而且玩出了一定的名堂,在狗的品种、习性、喂养以及训练上,不论经验还是技术,都称得上是首屈一指的。所以,老琦来到狗市并不急于问价,也没有被那些卖狗人的甜言蜜语所迷惑,而是一声不吭漫不经心地挨个儿看那些半大的狗。他清楚,要想培训出一条理想的狗来,看准狗种是至关重要的,这是第一步。第一步走对了,就将收到事半功倍的效果。万事都是如此。

老琦转了一会儿,一个卖狗的小伙子拦住了他,指着自己面前的一条小半大的狗对老琦说:"大哥,看看这条怎么样?"

老琦只看了一眼就对小伙子说:"狗种不赖,只是下它的母狗太老了。"

小伙子一脸的不快,说这小狗看着这么虎实,与母狗老不老有什么关系?

老琦嘿嘿一笑,对小伙子说:"关系大了去了,秋后结的瓜,能好到哪儿去。你老婆要是过了六十岁再给你生个儿子,这孩子强壮得了吗?"

老琦这句话逗得大伙儿乐了半天。

老琦在狗市转来转去,终于看中了一条半大的狗,就问卖狗人什么价。卖狗人不说话,只是微笑着冲老琦伸出了五个手指。老琦也不答话,而是伸出了三个手指,说就这个数,多一分都不要。那人又伸出了四个手指,说就这个数了,少一分不卖。老琦二话不说,站起就走。没走几步,那人叫住了老琦,说:"大哥你别急嘛,商量商量嘛。看来你是真心想买,而且不是外行。大哥,看在你是内行的份上,兄弟今儿个让你了。这个数,怎么样?"卖狗人用另外一只手的手指按在了四只手指中的食指上。

老琦打了一个响指说,成交。于是,老琦花了三千五百块买回了这只半大的狗。他没让任何人知道,并告诫老婆和孩子要绝对保密。这是一只纯种的德国黑背公狗,虽说生下还不到四个月,但已经长得相当喜人。虎头虎脑,腿粗裆宽,厚背大爪。凭经验,老琦断定这狗只要训练好了,长大后绝对是一条斗架的好狗。欣喜之下,他给这狗取了一个很洋气的名字——贝卡。

老琦清楚,贝卡的个头儿将来能够长到什么程度,关键就在半年之内。不论什么品种的狗,不论公的母的,半年后个头儿长成什么样就是什么样了。也就是说,在这半年之内,一定要把狗的身架子喂起来。为了让贝卡一鸣惊人地站在全村斗狗的冠军台上,更确切地说要一举击败三奎和他的狗,老琦采取了封闭式的喂养与训练。他知道,要想让贝卡凶猛顽强,要想让贝卡即日起就养成凶悍残忍的性格,就得让它不轻易见生人和同类。只有这样,才能把贝卡训练成一条能够战胜一切对手的好狗。而要训练出这样的一条好狗,训练狗的人就该比狗还要凶狠还要残忍。

老琦在对待贝卡的饮食上是非常讲究的,既让它吃肉,又不能以肉为主;既让它吃饱,又不能让它长得太肥。狗跟人一样,太肥了,腿脚就不灵敏。自己就是如此,一身肥肉,走路都喘。太瘦了,体力又跟不上。他家有个挺大的后院,四周砌着很高的围墙,是他家的菜园子。有了这条狗后,菜就不种了,就成了专门用来训练狗的场地了。每天,他都是饿着狗训练,训练完稍稍休息一会儿再喂狗。他每天都要带着狗在后院里顺着院墙跑,一是锻炼狗的耐力,二是减自己的一身肥肉。什么时候人和狗都累得气喘吁吁、大汗淋漓了,人和狗才能停下来。他不让狗叫,狗一叫他就用鞭子抽。他要让贝卡变成哑巴,这样,既能达到理想的效果,又不会让任何人知道他在训练狗。

任何事情发展到了顶峰就会向相反的方向发展,就像一只高高飘在空中的风筝,一旦这根牵线断了,风筝就会一头栽下来,而且不知栽向何处。

一直没有对手的三奎和他的狗,因为一时没有了展示威风的机会,三奎就觉得眼下自己就是那只高高飘在空中的风筝。开始,他只为自己不能继续将别人兜里的钱变为己有而沮丧,慢慢地,他又为不能亲自制造那惨烈的场面而焦躁,便时常冒出这样歹毒的想法,拉上自己的闪电,见到一条狗就咬死一条,以此来显示自己的存在与强大。

三奎如此这般,他的闪电同样如此。因为很长时间没有对同类大开杀戒了,竟焦躁得不怎么吃喝了,还经常冲天一个劲儿地长啸。狗的长啸不同于其他动物的长啸,听着让人感到那么悲戚、那么厌烦。三奎懂得闪电的心情,更鉴于自己也焦躁得快受不了了,就在这天下午拉着闪电奔向村外的斗狗场地。

此时的场地上已经围上了满满的一大圈人,每人的身后都拉着一条狗。人和狗,都是一副摩拳擦掌随时准备一拼的神态。场地中央,已经站好了两条狗,一黑一黄。它们是就要开始拼杀的狗。双方狗的主人,正在为斗狗的赌注争执着。一个嫌少,一个嫌多,已经争执得面红耳赤。周围的人个个一言不发,表情各异地观看着事态的发展。

一阵群狗的叫声,将人们的目光聚集到了一个目标——三奎和他的狗上。

人们让开了一条道,让三奎和他的狗走到了场子中央。

那两条狗的主人即刻停止了争执，都把目光投向了三奎和他的狗。那目光分明是在说，来了也没用，我们是不会跟你斗的。

那两条狗一见三奎的闪电先是有些惧怕地一惊，继而相互望了一眼，接着就并排站在了一起，四目一齐对准了三奎的闪电，一副并肩作战的神态。

周围的狗一条条从各自的主人身后钻到了主人的前面，都把目光对准了三奎的闪电。看那样子，只要主人一声令下，这些狗就会一起扑向三奎的狗。

面对眼前的阵势，三奎先是一惊，继而哈哈一笑地对大伙儿说："怎么了这是？几天不见，大伙儿不认识我了是怎么着？"三奎说这话的时候，他的闪电突然就尿了一泡尿。三奎一见，心里"咯噔"一下。他清楚，自己的闪电一时被这些狗给吓住了。他更清楚，眼下必须要让闪电马上振奋起来，而自己的表现则是最最关键的。否则的话，闪电就会从此失去战斗力，自己真的就会像高高飘在空中的风筝那样一头栽下来，从此成为全村人的手下败将。

想到这儿，三奎猛地把脸一沉，厉声地说："各位不会是想集体对付我的狗吧？谁要是不服的话，就一个一个地来，我三奎奉陪到底。"三奎说完这句话，他的闪电果然抖擞起了精神，冲着周围狂叫了几声。

三奎心里一喜，心说真是狗仗人势啊。他决定趁热打铁，以此来重振闪电的威风，便趁机说道："有没有不服的？我三奎发发慈悲，今天，不管谁的狗和我的闪电斗，胜了，我掏一万块。败了，我分文不取。怎么样？"三奎的话说得既响亮又狂傲，他的闪电也不可一世地一连对着周围的狗叫了好几声。

整个斗狗的场地，一时静得鸦雀无声。周围的那些狗，又都悄悄地溜到了主人的背后，场子中央那两条准备并肩战斗的狗，此时也一个劲地直往后退，一副要拔腿就逃的样子。那两条狗的主人，也在随着狗的步伐往后退着……望着眼前的状况，三奎心里一振，一个既大胆又冒险的决定即刻在他的头脑里形成了。只见他冲着这两条狗的主人一招手，说："二位请留步，我有话要说。"他见那两个人站住了，便信心百倍地说："这样吧，今天，你们两人的狗同时跟我的闪电斗。赌注嘛，还像我刚才说的，你们胜了，我给你们每人五千。你们败了，我分文不取，怎么样？"

那两个人商量了一下，同意了。他俩觉得这事很划算，而且很有取胜的希望。三奎的闪电再怎么厉害，也难对付两条同时向它进攻的狗。更何况，自己的狗也曾斗败过村里不少的狗了。他俩认为这事很有把握。

周围的气氛顿时活跃了起来，人们纷纷往后退，很快就腾出了一个比刚才大出一倍的场地……一场二对一的搏斗就要开始了。

那两个人同时拍着各自狗的头，一同指向三奎的闪电。两条狗相互看了看，浑身的毛就都立了起来，四只眼一齐怒视着闪电。

三奎掏出一万块钱交到了公证人的手里后，也拍了拍闪电的头，把手指向了那两条狗。闪电的耳朵即刻竖了起来，像两把利剑直刺天空。它的双眼，直射大黑狗而不理大黄狗。三奎见自己的闪电首先把注意力集中在了黑狗身上，心里便暗暗叫好。他清楚，黑狗要比黄狗略强一筹，只要把黑狗制服，黄狗就会不攻自破。真不愧是条好狗，三奎在心里赞叹着自己的闪电。

斗狗开始。

那一黑一黄也不是傻狗，它俩心里都清楚，凭着自己的实力，尽管二对一，可也很难战胜对方，而且都看出了闪电要实施各个击破的战术。有了这种心理，两条狗就都冒出了这样的想法，自己要想活下来，就不能让对手先来击破自己。于是，当搏斗的命令一下，这两条狗都采取了以守为功的战术，总是躲避着闪电的一次次进攻。闪电在进攻了几次也没击中目标后，干脆一屁股坐在了地上，泰然自若地用耳朵听着一左一右的动静。闪电的左边是黑狗，右边是黄狗，它们都站在那儿，目不转睛地看着闪电，心里在琢磨着闪电的动机。

此时的整个斗狗场地死一般的静，人们望着斗狗几年来头一次出现的场面，推测着事态将向什么方向发展。周围的那些狗，也被眼前的场面给弄得不明所以了。而三条狗的主人，更是丈二的和尚摸不着头脑似的心里一时没了底，都傻愣愣地看着自己的狗，也不敢对自己的狗下什么命令，生怕一开口惊吓着自己的狗而使自己的狗落荒而逃。

一秒，两秒，三秒……

突然，三奎的闪电一跃而起，箭一般地射向了黄狗。黄狗还没反应过来，自己的喉咙就已经被闪电的利齿紧紧地咬住了。黄狗连吭一声的机会都没有，就头一歪，死了。闪电扔下黄狗正要迅速射向黑狗，却见黑狗一声绝望的惨叫过后就一头倒在了地上，吓死了。

一场二对一的斗狗，就以这种人们意想不到的结局而结束了。

三奎和他的狗，又一次取得了更加辉煌的胜利。

两个多月过去了，这时的贝卡在老琦的精心喂养与训练下，已经长成一条彪悍的大狗了。老琦，也卸掉了一身肥肉，变成了一个健壮的汉子。彪悍的贝卡不但凶猛无比，而且十分听老琦的话。老琦的一个手势、一个眼神，贝卡都领会得十分准确。

尽管如此，老琦认为离他的要求和目标还差得很远。他清楚，要想战胜三奎的闪电，还得训练贝卡的拼斗能力和凶残的性格。于是，老琦对贝卡开始了近乎残酷的训练。

他先是买了一张狼青狗的狗皮，而后把两颗大钉子钉在了一块一米五长五十厘米宽的木板上，让钉子尖儿露出足有一寸长。然后，他让钉子尖儿朝外，将这块木板固定在了砖墙上。接着，他将那张狼青狗的狗皮绷在了木板上，钉子尖儿就藏在了狗皮里面，位置，正好是贝卡攻击时下嘴的最佳位置。

他所做的这一切，都没有让贝卡看见。

一切准备就绪，老琦就把贝卡拉到了离狗皮三米远的距离处站住了。正如老琦预料的那样，已经有两个多月没有见到同类的贝卡一见到这张钉在木板上的狗皮，浑身的肌肉即刻紧绷起来，尾巴翘起，嘴角紧闭，只要老琦一声令下，它就会猛扑上去。

老琦并不急于下达攻击的命令，而是在考验着贝卡的耐性。他认为，狗和人一样，越是在紧要关头，越是要保持冷静的头脑才是。往往，胜负就在于这冷静与否的一瞬间。

老琦的沉着冷静，直接影响到了贝卡，它就那么稳稳地站在那儿，不急不躁地等待主人的命令，并做好了随时出击的准备……

老琦见时机成熟，便下达了攻击的命令。随着一声"贝卡，上！"贝卡就狂叫着扑向了狗皮，张开大嘴准确无误地咬在了狗皮的咽喉部位，也就是那两颗钉子的位置。随着一声惨叫，贝卡张着大嘴迅速躲到离狗皮一米多远处，一股鲜血从贝卡的嘴里流了出来。老琦要的就是这个，他太清楚这种黑背狗的习性了。这种狗特别记仇，而且是记死仇。一旦它攻击的对象伤了它，它就至死不忘，而且是不报此仇决不罢休。

老琦用这种方法训练贝卡，又花钱买了狼青的狗皮，目的就可想而知了。

被钉子扎破嘴的贝卡愤怒了，但它没有再次扑上去，而是稳稳地站在那儿，冒着凶光的双眼紧紧逼视着狗皮，等着老琦再次下达攻击的命令。老琦为贝卡如此冷静感到十分欣慰，便即刻下达了攻击到底的命令。他高喊一声"冲"，贝卡就更加凶猛地向狗皮扑了上去。贝卡不顾一次次被扎伤的疼痛，拼命地撕扯着木板上的狗皮，行动敏捷，样子残暴得让老琦都感到有些害怕。贝卡越战越勇，直到把一张完整的狗皮撕扯成碎片为止。最后，贝卡满嘴是血，但它忍着疼痛，硬是生生用牙把两颗钉子从木板上拔了下来。

望着满地的碎狗皮片，望着得意地站在那里看着自己的贝卡，老琦笑了，笑得极其残忍。

自打三奎的闪电同时斗败了两条狗后，三奎在村里更是不可一世了。他逢人便吹嘘自己的狗，吹嘘自己和自己的狗永远是全村的常胜将军。闪电和它的主人一样，不论见着人还是自己的同类，也总是一副高高在上的样子。尤其是见着自己的同类，更有老子天下第一的神态，有时还冲同类发发淫威。

喜悦过后便是烦恼。此时的三奎，再一次被落在他身上的烦恼折磨着。自闪电同时击败两条狗后，更是再也没有人敢拿自己的狗跟三奎的狗斗了。尽管三奎还是一次次地下了胜了不要钱、败了如数付钱的许诺，可就是没有人买他的账。而且，只要三奎拉着他的狗一露面，人们便拉着自己的狗一哄而散，把三奎和他的狗生生地晾在了那里。每每此时，三奎就会痛苦地想到，自己这只高高飘在空中的风筝，难道真的就要一头栽下来了吗？不！三奎在反复思考后，做出了一个既野蛮又带有侵略性的决定，那就是不管你愿不愿意拿你的狗跟我三奎的狗斗，我三奎也要让我的狗跟你的狗斗，两条狗一起上，三条狗一起上，我全不在乎。哪怕我的闪电死在群狗的攻击下，我三奎认了……没有对手的日子，折磨得三奎要发疯了。

这天午后，三奎正要拉着他的狗去挑衅，曾败于他手下的老猫派人找上了门，说是要跟他斗狗。三奎一听就来了精神，拉上闪电奔向斗狗的场地。来到场上一看，一大群斗狗的人已经围成了一个大圈儿，人们见他来了，即刻给他让开了一条豁口。三奎精神一抖，带着一身将军般的感觉，拉着他的闪电趾高气扬地走向场地的中央。走到场地中央，他定睛一看，心里顿时"咯噔"一下，心说这回怕是真的要栽了。只见老猫身边的狗，大得赛似牛犊，凶得赛似猛虎。不论从个头上还是从气势上看，都比自己的闪电要强一倍还多。怎么办？三奎的脑子在飞快地思考着。就在他举棋不定之时，他望了一眼他的闪电。这一望不要紧，闪电对对手的如此不屑一顾和无所畏惧的神态，即刻使他增强了取胜的信心。于是，三奎微微一笑，对老猫说："说吧，赌注是多少？"

老猫胸有成竹地也微微一笑，说："你先别着急说赌注，你先仔细地好好看看我的狗。上次我那被你的闪电斗败的狗叫赛虎，这回，我的狗还叫赛虎。只不过，这回的赛虎要比上回的赛虎大、凶。我说这话的意思，是要你考虑好了，要是不敢跟我的赛虎斗了，就趁早说出来，也不算丢人，也省得日后你说我欺负你。因为你的狗太……"

三奎打断了老猫的话，有些恼怒地说："你听着，老猫，我三奎不是那种小人，更不是那种见硬就回的缩头龟。我的闪电和我一样，是宁可站着求死，也决不躺着求生的一条好狗。废话少说吧，说，赌注是多少？"

老猫点了一下头，瞟了一眼三奎的狗，很是得意地说："还是听你的吧，你说多少就是多少。"

三奎也点了一下头，说："三万，怎么样？"

"君子一言。"

"驷马难追。"

人们在为赌注如此之大而惊诧后，都纷纷往后退了好几步。他们清楚，这将是一场惊天动地的斗狗，怕是一时半会儿也难分胜负。但人们都希望并相信老猫的赛虎一定能够战胜三奎的闪电，甚至好多人都在悄悄地商量，等老猫的赛虎斗败三奎的闪电后，大伙儿摊钱为老猫和他的狗设宴庆贺。

这个时候，谁也没有发现，老琦悄悄地站在了人群的后面。他要亲眼看看三奎的闪电到底厉害到什么程度，都有什么战术。回去后，好对自己的贝卡进行有的放矢的训练。

三奎和老猫把三万块钱的赌注都递给公证人后，斗狗开始了。

此时的三奎尽管做了背水一战的思想准备，可他还是想尽力取胜。输掉三万块钱是小事，关键是名誉。这个时候的三奎，把名誉放在了第一位。面对强大的赛虎，三奎通过短暂的考虑之后，决定让闪电改变以往的战术，那就是以柔克刚。主意拿定，三奎就充满信心地轻轻拍了闪电的前裆两下，闪电即刻领会了主人的意思，就稳如泰山地静静地站在那儿，双眼紧紧地盯着赛虎。这是一种暗示，旁人是看不出来的。但是，三奎的这一微小的动作，却被人群外面的老琦看得一清二楚。开始，老琦也认为三奎的闪电一定会败给老猫的赛虎，现在却一下子改变了最初的看法。他认为，这次斗狗，十有八九还是三奎赢。

三奎的闪电如此的表现，让老猫很是兴奋，他认为三奎的闪电胆怯了，就想趁机快速取胜。他看了一眼自己那已经跃跃欲试的赛虎，猛地拍了一下赛虎的头，赛虎得到攻击的命令，呼啸一声就扑向了闪电。闪电不慌不忙，等赛虎扑到眼前才轻轻一闪，躲过了从头顶上扑过来的赛虎。赛虎扑了个空，顿时大怒，随着一声狂叫，又一次向闪电扑了上来，却又扑了个空。不但赛虎急了，连老猫都急了。他冲赛虎大声地喊了一声，赛虎又向闪电扑了上来，还是扑了个空。就这样，赛虎在连续扑空近十次后，阵脚就开始乱了。三奎一看正是机会，就在赛虎再一次扑向闪电的同时吹响了口哨。闪电听到命令即刻仰面朝天倒在了地上……就在老猫和周围的人们一齐欢呼的时候，却听赛虎一声惨叫就倒在了闪电的一旁，剧烈地抽搐了几下，头一歪，死了。人们清楚地看见，赛虎的咽喉部位多出了一个血窟窿,血在往外涌着。而三奎的闪电,此时正不慌不忙地从地上爬起来,嘴里,正叼着一块肉……

人们惊呆了。

人们手里牵着的狗,也都惊呆了。

把闪电和赛虎搏斗的全部过程都看在眼里记在心上的老琦,趁着人们正处于惊愕之际,又悄悄地离开了。

老猫傻了,一屁股坐在了赛虎的身边,就那么呆呆地看着躺在地上一动不动的赛虎,两行热泪默默地往下流。

望着坐在赛虎尸体旁哭的老猫,三奎开始还是一脸的得意,但渐渐地,他脸上的得意便变成了一片茫然。

公证人一声不吭地把钱递向了三奎。

三奎望了一眼公证人手里的钱,只拿了自己的三万块。而后,拉上他的狗,头也不回地默默地离开了这里。

老琦亲眼看见了三奎的狗斗败老猫的狗的全部经过后,心里有了底,回家后就对贝卡进行了更加残酷但很有针对性的训练。又过了一个月,老琦认为自己的贝卡已经训练成功,接下来就该实战训练了。为了确保贝卡能够一举击败三奎的闪电,老琦既要锻炼贝卡的实战素质,又要隐瞒贝卡的实际能力。

为此，他决定先让贝卡跟其他的狗斗。此时的贝卡，不但具备了战胜一切对手的力量，而且能够按着老琦的指令进行各种攻击和让对手受到不同程度的伤害。也就是说，老琦让贝卡将对手置于死地，对手就活不成；老琦让贝卡嘴下留情，对手就死不了。老琦针对的，就是三奎和他的闪电。

这天午后，老琦拉着贝卡来到了斗狗的场地。临出门他就想好了，要是三奎在场的话，绝对不跟他斗，哪怕他对自己进行挑衅；也不跟任何人斗，只管装傻装熊。当老琦拉着贝卡出现在大家面前时，人们都像产生了幻觉般地用惊疑的目光望着老琦和他的狗，整个斗狗的场地霎时间便鸦雀无声，仿佛老琦是从别的星球来的。

老琦被人们的目光和表情给弄烦了，便有些恼怒地对人们说："你们都怎么了这是？我是没穿衣服还是怎么着？"

一个叫良子的对老琦说："你是琦哥吗？"

"扯什么淡呀你，你仔细瞧瞧，我不是你琦哥还能是谁呀？"老琦极不满地说。

"可是，你那一身贼肉，让狼给吃了？"

老琦哈哈一笑，指着他的贝卡说："是让它给吃了。"

良子不解地说:"什么意思?"

"实话跟你说吧,这些日子为了训练这条狗,我的心血全都费在它身上了。"

良子明白了,说:"怎么着琦哥,你也要参加斗狗?"

老琦点了点头。

良子乐了,大伙儿也乐了。有个叫大海的对老琦说:"就你那狗,个头儿倒是不小,可看着跟绵羊似的,怕是连猫都斗不过吧?"大伙儿又乐了。

老琦也乐了,心说:"就你们这些泡儿眼,能看出什么呀?别看我的贝卡温顺得像头绵羊,真要斗起来,哼……"老琦乐完了对大海说:"你也别看不起我的狗,今天就拿你的狗跟我的狗斗斗,敢不敢?"大海眨了眨眼睛,又看了看老琦身边那仍是温顺得像头绵羊的贝卡,便信心十足地说:"行啊。说吧,赌注是多少?"

老琦对大海说:"我还不大知道行情,你说吧,你说多少就是多少。"

"你是头一次斗狗,我也不欺负你,二百块,怎么样?"

"行。"

"不过咱得把丑话说在前头,你的狗要是被我的狗一口给咬死了,你可别心疼得耍赖。"

"你的狗就是把我的狗一口给吞进肚子里了,我也不会眨一下眼的。"

"好,那咱们就先把赌注交给公证人吧。"大海说着就把二百块钱递给了公证人。

老琦也把二百块钱递给了公证人。接着,他对大海说:"那就开始?"

"开始。"

两条狗很快就被拉到了场子中央。老琦的贝卡仍像是头绵羊,站在那儿很是漫不经心地望着大海的狗。而大海的狗,却完全是一副见了怂人就拢不住火的样子,气势汹汹地就向老琦的贝卡扑了上去。贝卡沉着应战,只两个回合,就把大海的狗按倒在了地上,嘴对着对手的咽喉大张着就是不下嘴。

老琦微笑着问大海:"怎么样?认输了吧?"

早已被吓出一头汗水的大海连连点头认输,望着他的狗说:"我那狗?"

老琦冲着贝卡一招手,贝卡就放开了大海的狗,又乖乖地站在了老琦的身边。样子,仍像是一头绵羊。

大伙儿都长长地吐了一口气,议论纷纷。

老琦的贝卡初战告捷，让老琦显得很是得意。他得意贝卡的实力，更得意贝卡如此听话。为了更进一步锻炼贝卡的实战素质和考验贝卡的听话程度，老琦决定让贝卡连续作战。于是，老琦把钱收好后便故意装出一副不可一世的样子对大伙儿说："怎么样？都看到了吧？不是我吹呀，就你们手里的这些狗，哪条也不是我贝卡的对手。谁要是不服，就拉出他的狗跟我的贝卡比试比试。一，你们说多少赌注就多少赌注。二，不论在什么情况下，我绝对保证狗的生命安全。怎么样？有没有不服的？"

大伙儿听老琦说完这话后，都把目光对准了良子。

良子清楚大伙儿的意思，是想让他的狗跟老琦的贝卡斗，目的无非有二。一，想让自己败在老琦面前；二，看看老琦的狗到底厉害到什么程度。虽说自己的狗在这些狗中也算是数一数二的了，可他更清楚老琦的为人，不论干什么事，没有百分之百的把握，老琦是不会轻易干的。更何况，刚才贝卡跟大海的狗那一场搏斗，已经让良子深深领教到了贝卡的厉害。但是，他也是个不轻易服输的主儿，况且在以往的斗狗中也是常取胜的一方，更是牛皮常挂在嘴上。现在，既然大伙儿已经把自己推到了前面，再退也没什么意思了，也只能硬着头皮上了。

他想:"就算我的狗斗不过老琦的狗,起码我的狗能保住性命。这一点,老琦要比三奎强百倍了。""来吧。"良子把牙一咬,挺豪迈地对老琦说,"琦哥,今天,让我的黑豹再陪你的贝卡玩玩,怎么样?"

"好啊。"老琦兴奋地说,"你说吧,多少赌注?"

良子说:"刚才是二百,现在还是二百,行不?"

"就这么着。"老琦把赌注交给了公证人。

良子把赌注交给公证人后问老琦:"开始吗?"

"开始。"

看来,良子的黑豹要比大海的狗有经验,它不像大海的狗那样急于进攻,而是先围着贝卡一圈儿接一圈儿地转,抽冷子就大叫一声。贝卡根本不理它这一套,你转你的,我连动都不动一下,甚至连眼皮都不挑一下,镇静得好像是在闲暇中听抒情音乐。

贝卡如此镇静,不但让良子感到心里越来越没底,他的黑豹也开始心虚了,不断地望向它的主人。良子感到,再这样下去,自己的黑豹就会不战自败。真要是那样的话,自己的人就算丢到家了,不如趁着黑豹还没有彻底动摇战斗意志的时候拼上一拼。于是,良子憋足了劲一声大吼,黑豹就狂叫一声,从贝卡的左边扑了上去，张开大嘴直奔贝卡的咽喉部位。眼看着贝卡被黑豹扑倒在了地上，可眨眼的工夫，躺在地上的竟变成了黑豹。贝卡一只前爪紧紧地按着黑豹的耳部，一只后爪使劲蹬着黑豹的后腰，大嘴正对着黑豹的咽喉。这个时候，只要老琦一声令下，黑豹就会即刻身亡。

包括良子在内，在场的所有人都把目光齐刷刷地对准了老琦。老琦清楚这些目光的内容各不相同，但他还是遵守了自己的诺言，只轻轻地冲贝卡咳嗽了一声，贝卡就放开了黑豹，又乖乖地站在了老琦的身边，仍如一头温顺的绵羊……

老琦见大伙儿确实不敢再拿自己的狗跟贝卡斗了，就豪气十足地对大伙儿说："实话跟各位说吧，我老琦要战胜的真正对象并不是在场的各位，而是不可一世的三奎。我清楚，在场的各位中，有跟三奎关系不错的。不管是谁，就请受累一下，替我转告三奎，我老琦向他下战书了。赌注十万。但我有言在先，胜者，永远为王，从此不再参加斗狗。若是他三奎不敢应战，就说明他认输了，但必须在各位面前公开承认才行。否则……"

有人很快就把老琦的这番带有挑衅性的话带给了三奎，并添加了不少更富有煽动性的语言。三奎听后气得摩拳擦掌，恨不得当即就带上闪电去找老琦一比高低。可是，当那人又添枝加叶地把贝卡的情况说了一遍后，三奎很快又冷静了下来。对于老琦，他是十分了解的。他和老琦在麻将桌上就曾真枪真刀地斗过不知多少次，今天我赢你、明天你赢我的也记不清多少回了，到现在谁也没斗过谁，更是谁也不服谁。三奎清楚，这次，老琦是想通过斗狗来斗败自己。三奎更清楚，这次斗狗，他老琦要是没有百分之一百二十的把握，是不会跟自己下这么大赌注的战书的。很明显，老琦是用另种一方式在跟自己叫板呢。去，还是不去呢？

实际上，三奎并不是怕老琦，更不是怕老琦的狗。尽管他十分重视输与赢，但在关键时刻他又不在乎输与赢。他一贯认为，不论干什么，你越是怕输，往往输的可能性越大。这次，他之所以对老琦的挑战举棋不定，是因为自上次战胜了老猫又没要老猫那三万元的赌注后，不知为什么一下子就对斗狗失去了兴趣，甚至再看曾经为自己赢得了无数次名和利的闪电都不那么亲切了。到底为了什么，他自己也说不清楚，这么多天来也时常地惆怅与迷茫……现在，昔日的对手又把战火烧到了自己的门前，而且这将是一场生死存亡的决战，一旦战败，不单单是威风扫地，还要倾家荡产。年轻漂亮的女人，也将离自己而去。是战是退？三奎真的进退两难了。

三奎问女人："这事该如何是好？"女人不假思索地说："这还有什么可犹豫的，跟他斗啊。十万呢，不是小数啊。上回那三万你一分没要，我就差点儿被你给气死，这回这十万，说什么你也得给我赢过来。不然的话，我拍拍屁股就走人。"三奎挺怕这女人，所以女人一说"走人"二字，他就害怕了，觉得这次是非战不可了。战胜了，一切如意。战败了，真就家破人无了。看来，这场决战的结果会是什么，就全靠自己的狗了。想到自己的命运要押在一条狗的身上，三奎觉得既滑稽又可悲。滑稽的是人竟被狗给控制了，可悲的是狗控制了人，怎么都是一样。三奎笑了，笑得很悲怆。

三奎经过左思右想，利弊权衡，最后还是选择了应战。就是拼个粉身碎骨，也比举手投降强，不然的话，就女人这关也过不去啊！下了要与老琦决战的决心后，三奎的心情反倒平静了许多。他半开玩笑半认真地对女人说："如果我的闪电战败了，不但我从此威风扫地，还得给人家十万块钱。你说，这可怎么办？要我说，不如咱就认输算了，最起码的，我们不至于赔上十万块钱吧。"

女人把眼一瞪，恼怒地说："你凭什么要让闪电战败了？

我可告诉你，闪电不行了，就是你上，也得把对手斗败了，也得把那十万块钱给我赢回来。"

"要是我也没有斗败对手呢？"

"那我不管。我管的就是要你把那十万块钱给我赢到手。否则的话，我真的就拍拍屁股走人了。你是知道的，我这人说得到就做得到。"

"你走了，我怎么办？"

"你爱怎么办就怎么办。对于我来说，眼下这十万块钱比什么都重要。"

"好。"三奎冲女人点了点头，心里发狠地说，"你就等着吧。这十万块钱我三奎是拿定了，至于你嘛，十块钱我都让你拿不到。拍屁股走人？这回，你不走都不行了，反正老子也没跟你登记……"

三奎来到了闪电的面前，抚摸着闪电的头说："过两天，我们就要决一死战了，也是最后一战了。这一决战，关系到你我的生死存亡啊！为了我，也为了你自己，说什么，我们也要战胜老琦啊！也要……"

三奎紧紧地搂住了闪电，人脸和狗脸贴在了一起，都是一脸的泪水。

几天后的一个早上，三奎让人给老琦捎去了话，当日下午，他的闪电要跟老琦的贝卡决一死战。赌注就按老琦说的，十万元。

消息传开，整个吴村即刻沸腾了，人们奔走相告，无限传播着这条震撼人心的消息。尤其是那些对三奎早就恨之入骨的斗狗人，都在咬牙切齿地说："这回，三奎的末日就要到了。斗败了三奎，我们就痛痛快快地喝几杯……"

人们兴高采烈，狗们也兴奋得直跳。它们就像要砸碎锁在自己脖子上的铁锁链那样，一声接一声地在冲天相互传递着令它们喜悦的信息。整个吴村的上空，都被狗的叫声给占据了。

人和狗，都认定了等待三奎的将是必败的下场。

离决斗的时间还差得老远，人们便蜂拥着来到了斗狗的场地，里三层外三层地围成了一个大圈儿。他们都没有带自己的狗，可这些狗却神奇般地也都来了。百余条狗，就那么老老实实地站在自家主人的背后，像它们的主人那样，在耐心地等待着那震撼人心的一刻。平日里那些见了母狗就情绪高涨的公狗，眼下也没有了往日的爱好与兴趣了。

是老琦先到场的。当老琦拉着他的贝卡缓缓走近斗狗的场地时，人们像迎接即将冲上战场的英雄那样，都为老琦和他的狗鼓起了掌，并马上让开了一条道，让老琦和他的贝卡走到了场地的中央。那些狗，很有节奏很有韵律地一连叫了八声，那意思很明显是在喊，贝卡必胜、闪电必败。

老琦站在人群中央，很激动地对大伙儿说："感谢各位对我的厚爱，我老琦和我的贝卡，决不辜负各位的期望，一定战胜不可一世的三奎和他的闪电。"

众人一片欢呼。

众狗一片欢叫。

三奎拉着他的闪电来了。人们像躲避灾星那样给三奎和他的闪电让开了一条道，都用鄙视的目光目送着三奎和他的闪电走到场子中央。人们一言不发，就那么怒视着三奎和他的闪电。倒是狗们不失时机地又一齐连叫了八声，那意思明显是在喊，闪电必败、贝卡必胜。

两条狗相见，双方的眼里即刻冒出了杀气，目光直射对方。它们静静地站在主人的身边，都一副泰然自若但又时刻准备出击的神态。

整个斗狗场的气氛，三奎是十分清楚的。他知道，眼下的人们和那些狗，都恨不得让老琦的狗即刻将自己的狗撕得粉碎，包括自己。但是，这种气氛丝毫没有削弱三奎战胜老琦的信心，反倒更激起了他一定要战胜老琦的决心。于是，他冲大伙儿微微一笑，带有十分明显的斗气的口气说："承蒙各位捧场，我三奎多谢了。"说这话的时候，还一个劲儿地向大伙儿拱手。而后，他的脸猛地一变，就变得阴冷起来。他傲慢地冲老琦点了一下头，冷冷一笑，说："琦哥，咱哥俩在麻将桌上斗了好几年也没分出个胜负，今天，就靠这狗决一胜负吧。"

老琦也冷冷一笑，说："奉陪到底。不过呢，咱们还是需要当着众人再把丑话强调一遍。在这场决斗中，胜的一方将永远是王，且从此不再参加任何档次的斗狗。败的一方就是战败者，同样，从此不再参加斗狗。怎么样？"

"没问题。"

"好。还有，按老规矩，先把赌注讲……"

三奎一摆手，说："不就是十万吗？就这个数了。"说着拿出了一个白色的小皮包对老琦说："过过眼吧？"

老琦也摆摆手，说："不必了。"说着也拿出了一个黑色的小包，说："你不数数？"

三奎摆摆手，就把他的小包扔在了公证人的脚下。公证人看了看三奎的小包，没有捡。

老琦把他的小包也扔在了公证人的脚下。公证人看了看，也没有捡。

一白一黑两个小包，看着是那么扎眼。

此时的贝卡和闪电，一直就那么原地不动地站在那儿怒视着对方，不急不躁地等待着出击的命令。对于周围的人和那么多的同类，它们始终抱着视而不见的态度，那神情像是在向人们说着什么。它们清楚，眼前的这场厮杀，将是一场决定自己生死存亡的厮杀，也是决定自己主人命运的厮杀。王不王的它们不在乎，在乎的是生与死。很简单，要想自己活，就得让对方死。而周围的人们，却个个都是一副急不可耐的样子，恨不得这场生死搏斗即刻开始。

一声哨响，决斗开始。

人们大气不出，都在死死地盯着贝卡和闪电。

狗们大气不喘，都在静静地注视着里面的动静。

尽管老琦和三奎都是取胜心切且都自命不凡，但在这场生死攸关的决斗面前，还是都保持了极其冷静的心态，都不急于向自己的狗下达出击的命令，致使场面一度出现了冷场的局面。

整个斗狗场地死一般的寂静。

这种寂静的场面足足持续了十分钟，老琦和三奎才像商量好似的同时向自己的狗下达了出击的命令。即刻，贝卡和闪电就如离弦的利箭向对方射去，两条狗的厮杀终于拉开了序幕。

此时的贝卡和闪电全都到了发疯的地步，都恨不得一口就将对方置于死地，却又很难做到。贝卡凶猛异常频频出击，它一会儿疯狂地猛扑，一会儿又看准目标狠狠袭击。而闪电，则是左闪右躲地在跟贝卡兜圈子，它是在找贝卡的破绽，想看准机会一口解决战斗，然而几次进攻都没有成功，都被机警的贝卡敏捷地用屁股挡住了闪电伸过来的嘴。不用屁股挡是不行的，因为闪电实在是太灵活了，你躲开了第一嘴，第二嘴第三嘴就会连续向你袭来。它可以在几秒钟内闪电般地连续进攻好几次，主人给它取名闪电，真是名副其实。贝卡用屁股挡闪电的嘴是上策，既可以及时保护好自己的要害部位，又可以趁机用后爪袭击对方的前胸，只是屁股连连受击且已多处受伤流血。但闪电也付出了一定的代价，前胸被贝卡的后爪抓得鲜血淋淋。

两条狗如此疯狂地厮杀着,它们的主人却比狗还要疯狂。老琦和三奎一会儿往东、一会儿往西地跟着自己的狗转。一会儿大声呼叫,一会儿跺脚叹气。浑身是汗,满脸通红,急得恨不得亲自上场跟对方的狗拼一死活。

贝卡和闪电终于滚在了一起,人们的情绪和众狗们的情绪也达到了顶峰。因为这么一来,很快就要分出胜负了。

两条狗在地上翻滚着撕咬着,谁也不叫一声,只是拼命地抓,狠命地咬。也不管是什么位置了,逮着就是一口。这两条在狼烟四起的尘埃中滚来滚去的狗,已经分不清谁是贝卡谁是闪电了,看到的只是两种在地上滚来滚去的颜色、飞扬的狗毛与四溅的血水。

周围的人们,全都被眼前这惨烈的场面给震撼住了,开始时那兴奋、激动的表情渐渐地转为了悲怆与战栗。而那些狗,此时也全是一副哀伤的表情,它们用一双双呆滞的眼睛注视着同类的自相残杀。

此时的老琦和三奎,都被前途未卜的命运折磨到了失态的程度,焦急、期望、担心、恐惧等一系列的心境,迫使他俩几乎都趴在了地上,在飞扬的尘土和狗毛中声嘶力竭地为自己的狗呐喊助威。

这样的场面一直持续了好长一段时间,贝卡和闪电终于未分胜负地停住了厮杀,浑身是血地分别爬到了自己的主人身边,望着自己的主人,一声不吭。

老琦和三奎都望着自己的狗,心疼地流着泪,用手轻轻地抹着它们身上的血水。贝卡和闪电,也是泪水淋淋。

周围的人们望着眼前的情景,双眼也都湿湿的。

人群外的那些狗,都伸着脖子冲天呜咽着,眼泪,一滴滴地往下掉。

猛地,老琦和三奎同时向自己的狗下达了继续决斗的命令,贝卡和闪电即刻又都挣扎着站了起来。两条狗互相望了望,都冲天一声长吠。而后,双双慢慢向对方走去……奇迹发生了。人们惊愕地看到,当贝卡和闪电走到一起时,却见它们把脸紧紧地贴在了一起,流着泪水相互舔着对方脸上的血迹。舔着舔着,便"咕咚"一声倒在了一起,死了……

空气立时凝固了。

四周,死一般的宁静。

人们看不下去了,都默默地走了。

老琦和三奎呆呆地在贝卡和闪电的尸体边站了老半天,才一脸茫然地走了。

百余条狗围在贝卡和闪电的尸体边,都在默默地流着泪。

蓦地,百余条狗都伸长了脖子,一齐冲天呜呜地哀叫起来。声音传得老远老远,听着令人心悸。

狐缘

辛立华

我不相信世上有狐仙之说，可我从小却十分喜爱蒲松龄老先生的《聊斋》，更喜欢故事中的狐仙。也许是我越来越感到老先生笔下的狐仙要比眼下的好多人还要可爱可信的缘故，电影《狐仙小翠》中的小翠便更让我日思夜想而近于神魂颠倒了，以至于夜里做梦大都与狐狸有关。

我自小喜欢画画，且都是画《聊斋》中的狐仙。为此，考上美院后我便专攻工笔仕女画，搞创作也是以《聊斋》中的狐仙为主。这就使我自己都认为，自己这辈子怕是要像蒲松龄老先生那样与狐狸结下不解之缘了。

大三那年暑假回到老家没几天,我便带上画具怀着美好的愿望出发了。五十里外是连绵起伏的燕山,听同学说,大山深处有个叫荷花庵的小村。那里奇山异水,冬暖夏凉,村风古朴,建筑原始。整个村子犹如坐落在一口井底,美不胜举,是个现代的世外桃源。为了明年的毕业创作,我去搜集素材。

现代交通便利,上午十点不到,我就来到了去荷花庵方向的山脚下。路人告诉我,要想在天黑前赶到荷花庵,只能顺着羊肠小道往上爬。望着高不可攀的大山,我问路人这山上有没有伤人的动物。路人笑了笑说你尽管放心,除去山鸡野兔,连狍子都碰不上。我点了点头问有没有狐狸。路人又笑了,说你要是能碰上狐狸,说明兄弟你有福,还是艳福。说完哈哈大笑朝远处的一个村子走去。

此山很是难爬,不仅是羊肠小道,还陡,道旁还长满了扎人的荆棵,一不小心就被缠住腿火辣辣的疼。越往上爬越陡,也就越难爬。然而,当我终于爬上第三座同样高的山头时,眼前却陡地一亮。往前三十米开外,便是山顶上的平原了。虽说仍是起起伏伏,但走起来感觉比走平道还要轻松。此时已

一只狗的自白

过了下午三点,太阳已经西斜。迎着太阳走去,逆光中的一棵棵树看上去格外透明,偶尔有不知名的山鸟在树中飞来飞去,加上小道两边一丛丛火一般的映山红和蹿来蹿去的松鼠,让我感到此时自己已经走进了神话般的世界,浑身的疲惫即刻一扫而光。想着即将到达的更美的荷花庵,我便随着激动的心情加快了脚步。

又走了近两个小时,眼前出现了一条小峡谷。确是小,也就二十米宽,三十米深,说是小山沟更为合适。当我爬到沟底正要往上爬时,猛地听到左边的杂草中传来了"嘤嘤"的声音。像鸟叫,又像是婴儿的哭声。我的心猛地一惊,本来就浑身是汗现在更是大汗淋漓了。莫非我真的走进《聊斋》的故事中了?怀着既激动又害怕的心情,我慢慢向"嘤嘤"的声音摸去。

让我不敢相信的是,在草丛中,真的趴着一条银白色的狐狸。

我的脑子里顿时一片空白。

我狠劲儿掐了自己的大腿一下。生疼。这才觉得不是在梦里,便又仔细向狐狸望去。这是一条十分漂亮的白色狐狸。从那双媚人的让你看一眼就会心跳的丹凤眼上看,我断定它是雌性。那一身洁白蓬松的毛，不就是披在一位漂亮的女时装模特身上的时尚服装吗？望着望着，我便恍惚地又一次走入了梦境……白狐又一声轻轻的嘤嘤声把我从梦境中拉了回来。这时我才发现，白狐的两条前腿正在流着血。怪不得它趴在这里。它受伤了。

望着白狐的一双伤腿，我完全清醒了过来。我从背包里拿出毛巾和手帕，轻轻地对白狐说："放心吧，我不会伤害你的。这也是咱俩有缘，来，我给你包上伤口，然后你再去你该去的地方。"说完这些话，我便看见了两行泪水从它那双迷人的眼里流了出来。

我将它的双腿包扎好后，才发现它根本站不起来。望着它乞求的目光，我将它抱了起来，慢慢地向上爬去。它静静地躺在我的怀里，一眨不眨地望着我……

爬上小山谷，我已经累得呼呼直喘。而怀中的白狐，不知什么时候已经闭上了双眼，幸福地在我怀中睡着了。我心里一热，轻轻地吻了一下它那小巧美丽的鼻子。小巧的鼻子轻轻动了一下，脸上随即露出了甜甜的微笑。这时，太阳知趣地一下躲进了山后。周围的一切，立即蒙上了一层神秘的面纱。

山里的天说黑就黑。刚才还朦朦胧胧，眨眼工夫就看不清事物了。尽管有美丽的白狐和我做伴，可我还是忐忑不安起来，开始走得磕磕绊绊。我心里一急，脚下便加快了速度。就这样走着走着，猛地觉得脚下一滑，身子便往下坠去。我吓得"啊"了一声，紧接着脑袋就不知撞在了什么上面，"嗡"的一声，我便什么也不知道了。

我抱着白狐走啊走啊，突然，白狐变作了一位少女。我仔细一看，正是电影中的狐仙小翠。小翠咯咯笑着挣开了我，姗姗向花丛中跑去。我不顾一切地追向她，边追边呼叫着小翠的名字。尽管小翠跑得很慢，可我就是追不上她。我追啊，追啊，追得我口渴难忍。一歪头，正看见花丛中有个自来水龙头。我几步跨过去，拧开水龙头就喝。太甜了，太甜了。我正喝得起劲儿，水一下子没了。一抬头，正看见站在面前的小翠。我一把抓住了她，大声地喊道："小翠，小翠……"

一阵咯咯的笑声把我从梦中拉了回来。睁眼一看，才知道自己正躺在一张床上，面前站着三位姑娘，在亮亮的灯光下，她们正冲着我笑呢。一个胖姑娘右手端着一杯水，左手却被我紧紧地握着。我一激灵赶忙松开了胖姑娘的手，腾地就坐了起来，惊慌地问："我在哪儿，我这是在哪儿啊？"环顾四周，又发现屋子里还有几张床，都是女孩子用的那种。周围的墙上还贴了不少港台明星的大彩照，当然都是年轻的小伙儿。

几位姑娘又咯咯笑了一阵后，胖姑娘才对我说："你别害怕，这是我们的宿舍。哎，你怎么知道我们场长叫小翠？你认识她？""小翠？场长？什么场长？我……我不认识她啊。"我莫名其妙地问。"不认识？不认识你干吗一个劲儿地叫我们场长的名字？还那么狠狠地握人家的手，可惜你抓错了，抓了胖子的手了。"一个身条高挑的姑娘说完这话，坏坏地看着胖姑娘。"嫉妒了是不是？下回他再喊小翠，你就赶紧把手伸过去。"胖姑娘不饶人地说完，几个姑娘又咯咯笑开了。

"你们是什么场？"我问。胖姑娘说："我们是荷花庵狐狸养殖场，我们场长就叫小翠。"

"什么？狐狸？小翠？"我更惊讶地问。

"看把你吓的，我们不是狐仙。"

"可……可我是怎么到这里的？"

"你呀，全是沾了我们白雪公主的光。要不是它，你也不会来到我们这里的。今天下午，白雪公主，就是你救的那条白狐狸，下午跑出去玩。要是平时，太阳落山之前它肯定会回来的，可是今天，天都黑了也没有回来。场长着急，就和我出去找,才在一个石坑里找到了你和它,当时你还昏迷着。我们场长一看公主的双腿被毛巾和手帕包扎着,就知道是你救它的。场长说你是好人,又见你长得这么帅,就把你背回来了。"胖姑娘几乎是一口气说完这些话。

我觉得这事太富有传奇色彩了,就逐个地看这三位姑娘。凭直觉,这三位当中并没有小翠场长,于是我便有些着急地问:"那,你们小翠场长呢?"

"哎哟,还说不认识我们场长呢,那你怎么知道我们三个人中没有小翠?"胖姑娘怪声怪气地问我。

"我……我凭直觉。"

"哟,是吗?"三个姑娘又咯咯地笑了起来。

我被她们笑得有些发毛。黑黑的山夜,在狐狸养殖场,又是狐狸把我引到这里来的,笑得肆无忌惮的姑娘……我的天,放着谁也会想是不是真的走进了《聊斋》中。

这时,门外传来了脆脆的声音:"你们是不是疯了,啊?"

随着声音,一位二十多岁的姑娘推门而入。我抬眼一望,只见她身材苗条,个子中等,一身白色衣裙,似刚刚出水的白莲。再看面部,更是让我惊讶不已。怎么形容呢?活脱脱一个电影《狐仙小翠》中的小翠。就这么一句,便全在其中了。

我正不知如何是好时,小翠已经笑盈盈地走到了我的面前,甜甜地对我说:"换药吧。"

这时我才发现她手里还提着个简易的药箱,才知道我的头上缠着绷带。不,不是绷带,是从女孩子身上扯下的花布条。

我只是头皮划破了一条小口子,小翠给我抹上药后,我又在她爷爷的屋里睡了一觉,天亮后就什么事也没有了。我从小翠爷爷口中得知,小翠是他老人家在二十年前从村外的山边捡到的,据老人猜测,是最后一批返城的知青留下的。

那个秋天的清早,当时还不是老人的爷爷出村去割山柴。刚出村口,便听到了山路边的草丛里有婴儿的哭声。走近一看,一条趴着的狐狸身边躺着一个被包裹着的小孩儿,也就两三个月。狐狸见到爷爷,便远远地躲开站在那里看着。当爷爷抱起孩子时,那狐狸才消失在深山中。当时已经五十多岁且无儿无女的爷爷便把孩子收养了下来。

三年前小翠没有考上大学,就在村里办起了狐狸养殖场。说起小翠办狐狸养殖场,也有一段与狐狸有关的传奇故事。

那年,因为大学没考上而失落至极的小翠,每天晚上都

一只狗的自白

独自一人走出村子在村后的山顶小平原上徘徊。一天晚上，小翠不知不觉远离了村子，想回家时才发现迷路了。按说从小长在此地的小翠不该迷路，可那天她却迷了路。然而那晚小翠却一点儿不害怕也不着急，就那么**静静地走着**。她想："我要看看命运到底会把我带向何处。"就这样，小翠漫无方向地走，到了夜里两点多钟，也没走近村子。当她终于感到恐惧时，一条白色的狐狸出现在了她的面前，在她面前慢慢地走着，还不时地回头望望她，那样子像是在为她带路。小翠当时一惊，但很快又定下心来，也许这条狐狸要救我，那我就跟着它走吧。狐狸走得很慢，她就慢慢跟着。有时她故意站住，那条狐狸也不走了，还冲着她"嘤嘤"地叫。小翠一迈步，那狐狸又开始走。就这样，狐狸把小翠带到了村边。

到了村边，狐狸突然掉转身子向小翠走了过来，走到小翠跟前就给小翠跪下了。小翠又是一惊。待她仔细一看，才知道这条母狐狸要生产了。小翠心里一热，就把这条狐狸带到了家里。此时，爷爷带着几个找小翠的人还没有回来。当他们回来时天快亮了，这条白色的母狐狸已经顺利地生下了六只可爱的小狐狸。

爷爷挺迷信的，听小翠把经过一说，便对小翠说："翠呀，

133

这次又是狐狸救了你,这是天意。这窝狐狸,你要好好养活它们。"

爷爷最后这句话提醒了小翠。上高中时,她就看过有关靠养狐狸发家致富的报道,于是她心里一热,当即决定办狐狸养殖场。征得爷爷的同意后,第二天她就联系好了同村的三个好姐妹,几天后将资金筹备好,一同出山了。两个星期后,四位姑娘回来了。她们不但学会了养狐狸的各项技术,还带回了十条种狐狸,加上小翠收养的七条,一家狐狸养殖场就正式成立了。现在,仅经过三年的时间,养殖场已经繁殖了上百条狐狸。按小翠的预算,一年后,她们便会有一笔相当可观的收入。

小翠从养殖场回来吃早饭时对我说:"你不是要搜集素材写生吗?好,吃过早饭,我就带你在村里和村外转转。我敢说,我们村是世界上最美的地方,保你看后就不想离开这里了。"

望着明显是刻意打扮了一番的小翠,我点了点头,真想对她说,冲你,我就不想离开这里了。

吃过早饭,我和小翠走出了她的家。临出门时我要带画具,被她拦住了。她说："你先跟我转转，想画哪儿，往后你再慢慢画，时间长着呢。你先带上相机，好看的地方你先照下来。"不知为什么，我竟乖乖地听了她的话。

出了她家的街门，绕开高高的石砌的影壁，我眼前豁然一亮。哇，真是美极了！说是自然落成的村庄，不如说是经过精心设计出的艺术品。一条弯弯曲曲的小溪从村中潺潺流过，不知从何处而来更不知去向何方。溪水清澈得可以看见水底的各种形状、各种颜色的石头，一些小鱼就在石头之间游来游去。小溪岸边的树木并不多，但都很大，东一棵西一棵的看上去反倒更加充满了诗意。小溪两边是各家各户的房子，大都是石头所砌，样式很古老，但很入画。一家一户都不挨着，高高低低，远远近近，错落着。每家门前都有一条石板砌成的小路，一段儿台阶一段儿斜坡地七拐八拐而下，直到与村中小溪两边的石路接上。小石板路两边，时有一块小平地，巴掌那么大，都用木棍、荆条围了，里面种着菜。各家四周都长着树，大都是柿子树。也有山楂树，一丛一丛地长在小石路边。

小翠一边带我走，一边让我给她拍照，人越多越来劲。这引来了不少村里人的目光。有的大嫂就大声问小翠："小翠啊，那小伙子长得这么帅，是你什么人啊？"我当然愿意听这种问话，每每此时我都美滋滋的。而小翠却回答得十分自然，声音同样很大："是我表哥，城里的大学生，画画的，到咱这里写生来啦。"

眼前出现了一座庵。小翠告诉我，这就是荷花庵。荷花庵的位置在村子的正中，在全村是最高的。和别的庵没什么太大的区别，红墙绿瓦，松柏环绕。沿着一条石阶弯曲而下直到小溪边，有一座拱桥，石头的，样子挺别致。

我正看得入迷，小翠让我站在石桥上抬头看四周的天。我来到石桥上，抬头一望，哇！怪不得小翠带着我到了这里才让我抬头看，原来这里是最佳位置。站在小石桥上看四周的一切，才发现整个村子原来是被掩在了一个深深的大石窖里，而村中的各家各户以及荷花庵，正像镶在窖壁上的一颗颗玉宝石。顺着小溪往右看，便是一条一直开到山顶的长条口子，口子下边便是村子与外界连在一起的柏油路，也是出村的唯一正路……

小翠领着我顺着荷花庵的石阶而上，到了荷花庵，她对我说："关于荷花庵，还有一段美丽动人的爱情故事呢，也是与狐狸有关的。不过要等合适的时候才能跟你说。"

"现在说不行吗？"我赶忙问。

"不行。走吧。"小翠说完又带着我绕过荷花庵一直往上爬。像上楼梯一样，一会儿往左，一会儿往右，不知爬了多少节石阶，我们才爬了上去。爬上去一看，上面竟是一片山顶平原，和我来时路过的那山顶平原一样。我往下一看，看到的是家家户户的屋顶，那条小溪也如同一条银蛇一般在闪闪发着亮光。望着犹如洞底的村庄和近在咫尺的大山，我感到此时我已到了一个神化的地方。

小翠顺着小溪往右一指，说："顺着小溪一直往右走，出了山口再顺着柏油路走，拐过三七二十一个弯后，就是河北省了。你要是顺着路来，怕是明天这个时候你也到不了。"而后又指着左下边一面高高的反着白光的大影壁问我："你知道那是什么地方吗？"

我仔细辨认了一会儿，说："那不就是咱们的家吗？"

"你说什么？"小翠睁大她那双迷人的眼睛问我。

"那不就是咱们……不，是……是你的家。"我的脸红了，忙低下了头。

"讨厌。"小翠的脸比我的还红，而后头也不回地向她家的方向走去。

我知道自己说走了嘴，不清楚她此时是什么心情，只好忐忑不安地慢慢跟着她走。一直走到她家上方的位置，小翠才回过头来对我说："想到我们养殖场去看看吗？昨天夜里你什么也没看到，现在好好看看，怎么样？"

"好，太好了。"我忙赔着笑脸说。

小翠的狐狸养殖场就在她家的上边，从她家屋后的那条小石板路就能一节一节爬上来。昨天夜里，我就是跟着她从这条路下去到她家的。

二十几间石屋正好建在一个小山包下面的凹处，东、西、北三面正好被几乎垂直的石壁圈住。正南面用粗木棍钉成的篱笆一挡，便成了一个很好的狐狸养殖场。小翠说，这二十几间石屋是当年的知青点，三十多名知青当年就住在这里。

我和小翠走进养殖场时，场内静得似乎空无一人。小翠叨唠一句，说："这几个死丫头都藏哪儿去了？"而后，她把我领到了大门外一个用木棍做的、敞着门的、像小房子一样的窝边，指着里面对我说："你看看它是谁？"

我不解地往里一看，哇，正是那条伤了前腿的白狐。那白狐一见到我，脸上立即露出了喜悦之情，并冲我嘤嘤地叫了几声。小翠笑了一下对我说："你看，它对你蛮有感情的嘛。

看来，你这一辈子真的跟狐狸有缘了。"

"那是。我从小就爱看《聊斋》，画画也总是画其中的狐仙。就连我上美院，攻的都是工笔仕女，题材也总是离不开狐仙。就连我能见到你，也多亏了它。说明咱……"我发现小翠的脸又红了起来，并且眼神流露出了一种异样。我怕我又说错了什么，便忙改口说："对不起，我……我是不是又说错了什么？"

"没……没有。你说得很好。"小翠说完忙把脸扭向了一边。

说实在的，自打昨晚一见到她，我就打心里喜欢上了她，而且不是一般的喜欢。是爱，是寻觅了许久才终于见到梦中的白雪公主般的那种爱。我不知道也不想知道我们上一代人是怎么追求爱的，反正我们这一代是只要爱上了就大胆地追求、大胆地表白，哪怕对方不接受也要来个猛烈进攻。不怕反复不怕失败甚至不怕流血。

我认为我该进攻了。我大胆地对小翠说："小翠，我想跟你说件事，行吗？"

"什么事？说吧。"小翠似乎知道了我要说什么，话音有些颤。

"我爱你。"我十分坚定地说。

听我这话,小翠反倒比刚才冷静。她静静地看着我,半天才说:"你是一时心血来潮呢,还是讨我欢心?"

"你是我寻觅了多年的梦中人。是真的爱你,铁了心地爱你。昨天夜里我就下了决心,明年大学一毕业,我就来你这里和你一起养狐狸。"我真诚且坚定地说。

"别说冲动的话了。毕业后你就是大画家了,能来这偏远的山沟里养狐狸?能和我这山姑娘厮守一生?"

"都什么年代了,再过五个多月就是新千年了。新千年的爱,就该不受任何条件的制约。只要是爱,只要是真诚的爱,种族、国界都阻挡不了,何况……说实话,你爱不爱我?"

这时,小翠开始激动起来。她眼里闪着幸福的柔光,没有说话,只是轻轻地但很坚定地点了一下头。"万岁!"我激动地大喊一声,张开双臂就把小翠搂在了怀里,我们两人的热唇慢慢地黏在了一起……然而就在这时,旁边的屋里猛地传出了热烈的掌声,随即那三位姑娘便欢呼着从屋里跑了出来。小翠急忙从我怀中躲开,红着脸骂了那三个姑娘一句,举拳追了上去。

我和小翠闪电般相识又闪电般相爱,我坚信这都是我俩与狐狸的缘上之缘,于是为了感谢那条为我俩牵线的白色狐狸,我俩给它取了新名:爱仙丘比狐。

因为我和小翠的关系,那三位姑娘很快便和我混得很熟。她们见到我总是调皮地称我为未来姐夫。胖姑娘还时常地当着小翠的面往我身边一站,样子很认真地对小翠说:"小翠姐,你可要当心哟。说不定哪天一不留神,你的这位帅哥可就归了我喽。信不信?"

小翠便也挺认真地说:"我信。不过,你得先去减肥。"

几个姑娘便笑着扭在了一起。

我当然是喜滋滋地看着。

时间残酷地从身边一闪而过。开学的时间到了。

这天清早,小翠为我送行。爱仙丘比狐早已伤愈,便陪着小翠一同送我。这条白色的狐狸一直都不圈着。它特通人性,不论跑多远,准是按时回来。而且它是小翠的伴儿,常与小翠寸步不离。

我和小翠走在我来时的路上,丘比狐就默默地跟在我们身后。它的眼神和小翠一样,既恋恋不舍又充满了忧虑。

我们就这么走着,少了往日那总也说不完的话。偶尔说一句，不是没滋没味得如白开水般，就是铁锤一般撞击着你的心。

"你真的能按你说的时间回来吗？"这话小翠不知问了多少回。看来，她对我还是不放心。

"又来了是不是？"我站住了，盯着她的双眼说，"我跟你说了多少次连我自己都记不清了。我到这么远和你相识，是天意。天意，是任何因素也破坏不了的。再跟你说一遍，我早就厌烦了水泥构成的城市和喧闹的城市生活，厌烦了城市里那些靠化妆品活着的女人，更厌烦那已被商品、金钱、地位等等腐蚀了的爱情。也许是我自幼受了蒲松龄老先生的影响，我一生向往的就是荷花庵这种带有强烈原始味道的田园生活。到了这里，我有了一种回归自然的感觉。而你，正是我追求的这种大自然滋养出来的纯净姑娘。就冲这两样，哪怕让我变成一条狐狸，我也心甘情愿地像丘比狐那样一生追随着你……"我几乎是一口气说完这些话。

"你要是变成了一条狐狸，那我也变成一条狐狸。"小翠调皮地望了我一眼，又迈开了脚步。

我们又恢复了原来的情绪，缠缠绵绵的话又闸水般涌了出来，并不时地站住相拥相吻，嫉妒得丘比狐不时地冲着我们发出不满的叫声。

不愿到的地方终于到了,那是我们说好分手的地方。不这样不行,不然天黑后我们谁也回不到家了。我们又一次长吻后,我对小翠说:"翠,一个多月了,我几乎天天求你给我讲关于荷花庵那美丽的爱情故事,可你一直不给我讲,总是往后推。分别在即,该给我讲了吧?"

小翠深情地冲我一笑,说:"现在时机仍不成熟。时机成熟了,我一定会给你讲的。好吧,再见吧。明年的7月20日,我在这里接你。"小翠说完又给了我一个热吻,而后双眼含泪果断地转身而去。丘比狐用那双迷人的眼睛望着我,充满了企盼,迟迟不肯离去,我心头一热,立即蹲下抱住了它的头,将脸贴向了它的脸,它的一行热泪便流在了我的脸上。

我见小翠已经走远了,便抚着它的头说:"回吧,明年见。"丘比狐点了点头,转身向小翠追去。

时间残酷地折磨了我近一年,终于熬到了2000年的7月20日。这天,我带着极好的心情和获金奖的毕业创作《狐女》,早早地来到了去荷花庵方向的山脚下。当我终于爬到一年前和小翠约定好的地点时,却见小翠和丘比狐早已在此等候了。

我们拥抱在一起,幸福地亲吻着。

丘比狐趴在一边,高兴地望着我们。

2001年元旦,我和小翠在她的狐狸养殖场幸福地举行了婚礼。

蛇缘

辛立华

我一儿时伙伴，姓许名山，这年四十有八，以前一直独身。许君个头不高，秃顶，微胖，整日一脸笑容，无忧无虑，优哉游哉。此君聪明过人，但从小学到高中，学习成绩始终在班里于中等位置徘徊，然而算盘却打得十分熟练。当年，连村里年迈的老会计都自愧不如。许君高中毕业时早已恢复高考，只因成绩不佳，更因追求一位女生心不在焉而名落孙山。许君回村务农的第二天，老会计就主动让贤，把用了数十年的算盘恭恭敬敬地交给他。许君除精通算盘之外无甚嗜好，许是他与蛇有缘，自幼只好一事，痴蛇。古有叶公好龙，今有许君好蛇。叶公好龙只是画龙而已，真龙现身却魂飞魄散。许君好蛇是真好真玩，蛇不离身，已到如醉如痴忘我之境。

顽童时，许君不论上学还是玩耍，身上必藏蛇两至三条。有大有小，有花有青，或放入兜内，或缠于手臂，生人见状，无不咋舌。为此，除我之外，很少有伙伴与他来往。就连他的几个姐妹，对他也是敬而远之。他父母曾多次勒令他不再玩蛇，甚至暴打他，但都无济于事，许君仍是痴蛇如命。父母无奈，只好唉声叹气任他如此。

别人见蛇大都惊恐万分四处避之，许君见蛇却如获至宝伸手取之。说来也怪，不论大蛇小蛇，见到他就如老鼠见到猫一般浑身酥软乖乖巧巧任他摆布。上小学时，学堂设在村中关帝庙。一日上课，女教师正在专心板书，身后同学忽地炸响，并伴有"蛇，蛇"的惊恐之声。女教师抬头一望，顿时大惊失色浑身颤抖。只见一条大花蛇正从庙顶缝隙中伸出半尺有余，吐着红红的蛇芯子四处探视，像是在寻觅知音。片刻，女教师一声尖叫窜出室外。惊慌的同学们正要随师而逃,却被许君拦住。只见他一脸兴奋,大摇大摆来到蛇的下方,伸出双手做招呼状,嘴中念念有词,却不知他在说些什么。即刻,奇迹便出现了,但见那蛇,先是冲他摇了几下头,而后便把那半尺余长的蛇身缩了回去。同学们正要欢呼,又被许君拦住。只见他迅速将上衣脱下,正对蛇缩回的位置将上衣托起,嘴中继续念念有词。片刻,那蛇竟又复出,身子一软,便从庙顶的缝隙中滑落而下。在同学们的一片欢呼声中,那蛇稳稳落入许君的上衣,乖乖巧巧地盘成一团,好似怀中宠物,两眼温柔地望着许君。许君一脸灿烂,像抱婴儿一样轻轻将蛇搂入怀中,而后慢慢走出室外。出于好奇,我紧跟其后。那年,我和许君刚上小学一年级。

许君来到庙后小河边,亲了亲蛇头,不知唠叨了几句什么,轻轻将蛇放入草丛。那蛇扬起头看了许君半天,这才恋恋不舍爬入草丛,眨眼间便没了踪影。从此以后,教室内乃至庙宇的四周,因为许君,再也不见蛇出现。为此,教师们无不惊叹,对许君更是刮目相看。

许君痴蛇之名迅速传遍乡内,外村一位精通相术的老先生于一日傍晚悄悄来到许君家。老先生与许家有远亲关系,只因当时国情不佳，才避人耳目悄然至此。老先生相过许君后连连咋舌，声称许君是许仙再世，与蛇有缘，将与蛇缠绵一生。当时，年仅八岁的许君不知许仙何许人也，老先生便把《白蛇传》之典故绘声绘色说给许君听，把许君说得兴高采烈，当即就从怀中取出小花蛇一条放在老先生面前，让老先生看看此蛇是否是白娘子。老先生惊恐万状，连连哀求许君赶快将蛇收好，本想在许家蹭顿饭吃的老先生，也只好起身告辞。临走时，老先生神秘地告诉许君的父亲，此童不可小看，此童不可小看。只这一句，却没有下文。许君之父心中暗笑，顽童一个，爱蛇不足为怪，不可小看从何说起？怪谈，怪谈。过后，许君将此事说给我听，我俩大笑不止。

　　许君不信那位老先生所说，却在高中时对《白蛇传》爱不释手，竟常常以许仙自居，对蛇的痴迷更是有增无减。此时的许君已对男女之事领会透彻，对异性自然向往，并开始苦苦追求。因为痴蛇，更因为对《白蛇传》中的白娘子心仪已久，便以此为标准在女同学中暗暗觅之。我说："你哪里是在寻觅女友，简直是在寻觅美女蛇，怕是徒劳一生，还是注重现实为佳。"没想许君淡淡一笑，说："哪怕一生不娶，也要觅到心中所爱。我许山既然是许仙再世，足以说明我确是与蛇有缘，就要耐心寻觅。古人说得好：只要功夫深，铁杵磨成针。"许君一脸的自信与坚定，让我既感动又困惑。

高三时，别的班调进一位从千里之外随父母进京的女生，姓白名晓珍。此女生身材细高，长脸，细眉与漂亮双眼同时上挑，妩媚十足。很快，该女生便得绰号一个——美女蛇。许君大喜过望，激动之余对我说："我许山是许仙再世，她白晓珍就是白素贞复生。她之所以千里迢迢调进我校，就是奔我而来，正所谓有缘千里来相会。"并向我夸下海口，他一定要抓紧时机不放松，在高考之前定要将白晓珍拿下。我一本正经地警告她："该女生的父母都是部队的军官，你一个乡下后生，切莫癞蛤蟆想吃天鹅肉，免得身败名裂。"许君对我的警告不以为然，并开始付诸行动，将学习一事彻底抛于脑后。我对他既恨又怜，多次劝阻无效后，我只好遗憾地告诫他：好自为之。

许君确是聪明过人，不到一个月，他便与白晓珍混得很熟且来往频繁。惊叹之余，我问他用了何等法术，竟能达到如此的状况。许君诡诈一笑，说当然是与蛇有关，得意得让人将信将疑。他见我一脸的狐疑，便道出了真相。半月前的傍晚放学后，他在该女生前面二十几米处慢慢而行。我们就读的学校紧挨一个村庄，村庄旁边就是该女生父母所在的军营，每天上下学，该女生都是步行。那天傍晚，许君在该女生前面经过一段土路时，悄悄将一条两尺有余的花蛇扔在路边，他却若无其事地继续前行。片刻，就听见该女生一声尖叫，像是黑夜鬼骑上了脖子。许君暗暗一笑，急忙转身跑过去，问该女生为何如此惊慌。该女生已被吓得魂飞魄散，浑身颤抖话已难出，只是惊恐地看着蛇。许君看到蛇后微微一笑，安慰该女生几句便伸手将蛇提起，抖着已经酥软如面的蛇又是微微一笑，说一条草蛇有啥可怕。随即扬手一甩，蛇就飞出老远落入草丛。该女生惊魂未定，哀求许君一直把她送到军营门口，又千恩万谢才让许君返回。从此，白晓珍便与许君熟如故人，并常从家里带些好吃之物赠予他。许君说完事情经过更是得意一笑，说追求白晓珍已事半功倍，再需努力就将大功告成。

尽管许君对追求该女生稳操胜券，可我还是断定他这是在白日做梦，干脆说就是痴心妄想。当我把我的断定说给他听时，他竟一脸不悦地说我是嫉妒，说我是想把他劝退后好乘虚而入。我愤然而起，说："你说我什么都不要紧，可你千万不要执迷不悟。"他把胸脯拍得山响，说："你就走着瞧吧，

150

胜利在向我招手，曙光就在前头。"我说："你还是抓紧复习为好，要是考上大学，兴许还有曙光。"他淡淡一笑扬长而去，甩下的那句话却让我至今想起都想揍他一顿。他说："你是吃不着葡萄说葡萄酸。"他把我当成了那条人人讥讽的狐狸。

很快高考结束，成绩也很快公布了，我被某师范大学录取，许君却名落孙山。许君没有因落榜而苦恼，反而暗暗庆幸白晓珍也同他一样被大学拒之门外，还信心十足地向我保证，我入学那天他会与白晓珍一同去送我，还说等我大学毕业后，证婚人非我莫属。到了这个时候，我只好违心地向他祝福，心里却为他感到遗憾。

正如我预料的那样，几天后，没有考上大学的白晓珍，却身穿军服走进了杭州的一座军营。她没有亲自与许君告别，只是给许君捎来了一封信。信的内容我不知道，只知道他把信烧毁后就拉上我到县城喝了一顿酒。他自然是喝醉了，一遍一遍地向我伸大拇指，一遍又一遍地向我道歉……

许君回村当上会计后，对蛇的痴迷非但不减反而变本加厉，除去把会计工作做好之外，一心痴迷的还是蛇。尽管此时的许君已很少将蛇藏于身上，可他居住的那间小屋，除去他就是蛇，别无其他活物。地上有蛇，梁上有蛇，有时他的枕边也有蛇，真的是与蛇同眠了。许君儿时痴蛇，人们看作是顽皮好玩。可现在许君痴蛇，人们却对他另眼看待，觉得他是怪人一个，且怪得出圈，对他更是敬而远之。要不是他的算盘打得如此精湛且账目做得一清二楚，又因他能够降蛇，他的会计一职怕是早被别人取代。当年，我们上中学时，村里小学从庙里搬出，村部就搬进此庙。许君一走，那些蛇便卷土重来，频频出没于庙里庙外，且嚣张至极，时常搅得村里众干部大惊失色万般恐慌。许君到来，那些蛇便即刻销声匿迹，村部从此风平浪静平安无事。无形中，也算是蛇帮了许君一忙。

很快，许君就到了婚娶年龄，与他同龄的男女大都成婚，有的连孩子都会满街玩耍，可他却连对象都不知藏于何处。父母急得抓耳挠腮坐立不安，他却泰然自若稳如泰山，整日一副不近女色之状。我清楚他心里所想，就多次劝他不要异想天开，要面对现实。可他却安然一笑，说："有缘千里来相会，无缘对面不相识。我许某既然与蛇有缘，还愁找不到我心目中的伴侣？是我的，迟早会来到我身边。不是我的，要了也是麻烦。这种事，万万不可操之过急，急也没用，还是耐心等待为佳。我相信，我心目中的白……"

一只狗的自白

我打断了他的话，话说得十分严肃："就算你真的是许仙再世，就算你真的能找到再生的白蛇，你就真的能够幸福？人就是人，妖就是妖，人怎能与妖同床共枕，人怎能与妖朝夕相处。再者，这世上本无妖可存，这……"

许君也将我的话打断，话说得极是坚定："你莫要一概而论。眼下，有的人还不如妖可爱，而有的妖却要比有的人可爱百分。我宁愿与可爱的妖厮守一生，也不愿与不爱的人相处一日。哪怕我终身不娶，我也心甘情愿。"

许君如此执迷不悟几近魔怔，我也束手无策无计可施。

万般无奈的许君父母求助于我，希望能将许君从痴迷中拯救过来，娶妻生子走上正轨。我清楚，全村只有我还对许君怀有热心，只好按着他父母的意愿为他张罗女友。然而，令我和他的父母沮丧的是，我先后给许君张罗了好几个姑娘，都是一见面就宣告结束。更让我和许君父母伤心的是，不单单是许君一口否定对方，对方也是一口将他否定。许君否定对方，是因为没有一个是他心中所盼，而对方否定他，全是因他身上邪气太浓。我再跟他提起此事，他干脆一口回绝，并声称若一生不邂逅"断桥"，他将终身不娶。有蛇相伴，足矣。

老母急得捶胸顿足、哭天喊地,要与他撞头以死相拼。

老父气得暴跳如雷、拍桌瞪眼,扬言要与他断绝关系。

我又恼又怒,指责他病入膏肓,不可救药。

面对所有这些,许君不屑一顾,无动于衷,那完全一副死不悔改之状,怕是济公活佛在此,也得气得半死。

日后我戏弄他说,看来你真的是许仙再世,说不定哪日有白蛇出现,你就真的成了许仙。你就有一位能呼风唤雨、想啥来啥的娇妻了,那日子,可是比小康还小康啊!

许君对我的戏弄没有任何反应,只是笑而不语。那神情,明显是默认与自豪。我反倒被他激怒,当即狠狠地骂道:"你真的是不可救药。"

时光如梭,眨眼间许君已近不惑之年。因痴蛇依旧,婚事自然与他无缘。父母年迈,对他早已熟视无睹,任他自由来往。无妻的生活,许君更是习惯成自然,自由自在倒也美哉。

那年酷夏,一外地马戏团来村演出。大棚门口的大幅剧照让村里人无不咋舌,原因有二。一是那几个摩登女郎的衣着,标准的三点式,再加上个个丰满,这在当时,很是抢眼,尤其是那些未婚和已婚的男人们,更是争相掏钱一饱眼福。二是这几个女郎身上缠绕着的巨大蟒蛇，加上女郎与蟒蛇动作亲昵，更是让村里人惊叹不已，也就更勾起了大饱眼福的欲望。

那天演出，几个嘎小子凑到台前与耍蛇女郎调笑，一位身缠白色巨蟒的女郎口出狂言，谁若是敢上台与蟒蛇亲吻，一是将十倍退回票款，二是这蟒蛇就归谁。一个毛头小子坏坏一笑，说退款不要，蟒蛇也不要，可否与你拥抱一番。没想这位耍蛇女郎更是狂傲地对这个毛头小子说，你要是真敢亲吻这蟒蛇一下，我无偿地陪你上床。说完这话还直冲这个毛头小子抛媚眼扭肥臀，动作夸张，极其放荡与挑逗。那些个嘎小子就起哄往那耍蛇女郎跟前推这毛头小子，没想这毛头小子却如斗败的公鸡狼狈而逃。耍蛇女郎一阵放荡的大笑后，指着台下狂言，看来你们这里的男人都是打不着火的废枪。现在我再一次承诺，谁要敢上来摸这蛇一下，我倒贴。台下顿时哗然，随即便是死一般的寂静。就在这时，许君及时赶到。他是听那个被吓跑的毛头小子所说，确切地说是冲着那条白蟒蛇而来的。

许君望着耍蛇女郎身上的白蟒蛇，心里顿时一亮，热血即刻涌满全身。他不顾一切地向女郎走去，一脸的激动与幸福。耍蛇女郎深知不妙，赶紧止住许君，说："你不要轻举妄动，这蛇可会咬人，后果可要自负。"许君微微一笑，说："请小姐放心，我一不要退款，二不跟你上床。""那你干啥？"耍蛇女郎一脸狐疑。

"就如你刚才所言，这白蟒蛇归我，怎么样？"许君说得十分认真，而耍蛇女郎却无言以对。

马戏团老板急忙上前，对耍蛇女郎痛斥一番，赶紧对许君赔礼道歉。好话说尽，可就是不肯让出白蟒蛇。不但如此，几名彪形大汉还把许君围在中间，虎视眈眈。许君冷冷一笑："你们不要如此这般，若是不履行诺言，你们将悔恨终身。"老板将脸冷下，说："你还能把我的马戏团给灭了不成？"许君淡淡一笑："那是小人之举，我决不干那偷鸡摸狗之事。一句话，刚才那小姐说的话到底算不算数？""不算。"老板的话斩钉截铁。

"好，那咱们就骑驴看账本儿——走着瞧。"许君说罢，转身离去。

当晚，奇迹发生，马戏团十几条蟒蛇不翼而飞，唯独那条白色蟒蛇安然还在，神情喜悦，像是在等待着某种幸福。老板傻了，全团演职人员傻了，戒备如此森严，这些蟒蛇怎会同时消失？而这条白蟒蛇怎又会安然无恙？难道？……老板想到了许君，就赶紧带人直奔许君住处。

来到许君住处，老板等人无不惊叹。只见许君正与好多蛇在窃窃私语，大蛇小蛇，花蛇青蛇，或盘于桌上，或吊于房梁，像小学生一样在许君面前洗耳恭听。见到老板等人，这些蛇即刻怒目圆睁，蛇芯子伸出上下抖动，条条都是一副待命出击之状。老板知道遇上真人，忙向许君低头认罪。只听许君唠叨了一句什么，这些蛇即刻消失得无影无踪。老板开门见山，声称只要许君让他的那些蟒蛇归于原位，愿将白蟒蛇拱手相让。许君直话直说，只要将白蟒蛇送来，那些蟒蛇不请自回。老板赶紧派人抬来白蟒蛇，说来也怪，白蟒蛇见到许君，竟然如见到久别亲人般兴奋，伸起蛇头向许君频频点头。而许君，早已兴奋得热泪盈眶，嘴中更是念念有词。片刻，许君告诉老板，那些蟒蛇已经全部归位。老板将信将疑，带人快速赶回一看，那些蟒蛇真真已经全部归位。惊叹之余，老板命大家赶紧收拾启程。只一句话，此处不可久留。

许君得到白蟒蛇，自然欣喜若狂，他像得到了一件倾城之宝，亲自在屋内为白蟒蛇做了一个漂亮的小木屋，将白蟒蛇放置其中。每日三餐，都是许君亲自端上端下，耐心得犹如伺候月子中的夫人。到了夜晚，许君就紧挨着白蟒蛇而眠，心中自然是浮想联翩，梦境便是一番美妙绝伦。为了熟知白蟒蛇的饮食习惯与口味，许君买来大量有关饲养蟒蛇的书籍进行研究，并在此基础上喂养。由于许君的精心饲养，白蟒蛇长得更加可爱，在他眼里，越来越觉得它就是《白蛇传》里的白素贞，就等着哪日蛇身一晃现出人形。

许君四十六岁那年初秋，旧村改造，村里人都搬进了小区楼房。那条白蟒蛇，自然与许君同居一室。

小区越扩越大，日益繁华。第二年秋天，一南方人在小区的繁华地段开了一家蛇肉餐馆。开张前夕，运来满满两大铁笼的蛇，一团团地缠绕在一起，让人望一眼就会心惊肉跳。可那几个南方姑娘，却如抓小鸡般面不改色心不跳，一条一条将蛇分入众多的小笼。就在此时，许君赶到，他望了一眼笼子里的蛇，连连说道："罪过，罪过。"随即叫来蛇肉餐馆老板，好言相劝不要伤及这些蛇的性命，还说蛇是有灵性的，而不是口中之物，滥杀会遭报应。蛇肉餐馆老板冷冷一笑转身离去，狠狠甩下一句："神经病"。

第二天一早，老板大惊失色，笼内几百条蛇全部消失了。消息传出，整个小区即刻哗然，并有多人在自家楼区发现蛇的踪迹。一时间,整个小区呈现混乱状态。警察及时赶来,但也面面相觑、束手无策。警察来到蛇肉餐馆调查,也没有查出个所以然,也就排除了老板所说的有人破坏一词。警察不住挠头,连连说道:"怪,怪,怪……"

有人想起许君,就把那年马戏团之事说给警察听。警察将信将疑,但还是叫来了许君。警察问起当年此事,许君点头承认,并向警察保证,若是官方能出面制止蛇肉餐馆开张,他让所有逃窜之蛇全部归顺。警察不敢承诺,只好请来有关主管部门领导与许君协商。许君滔滔不绝,从关爱人类生存、保护生态平衡、保护环境的角度,动之以情、晓之以理,使得该领导最终答应了许君的要求。当天夜里,几百条蛇全部归顺。蛇肉餐馆老板不敢怠慢,当即将蛇运走,蛇肉餐馆改成了粤菜餐馆。

许君之举,即刻得到小区众人赞扬,我也为之高兴。高兴之余,连夜写出一篇几千字的报道,通过电子邮箱寄给了晚报的一位朋友。次日的晚报,及时将该报道刊出。报道一经刊出,即刻引起轰动,各宣传媒体纷纷赶至许君住处。面对白蟒蛇,来者无不惊叹。一时间,许君成了报刊、电视、广播的热门话题人物。照片、影像更是让人大开眼界、众说纷纭。

但有一点值得许君欣慰，那就是有关专家对许君大为赞颂，并号召人们向许君学习，为了我们全人类的生存，善待地球上的所有生命。

这日傍晚，一位三十多岁的女郎找到许君。女郎先是十分礼貌地拜见了许君的父母，送上礼品后，这才对许君开门见山，自己也是痴蛇之人，并当即从怀中取出花蛇一条。眼望女郎，许君不禁心头一震。天啊，眼前这位女郎，怎么跟电视剧《白蛇传》中的白素贞如此相像？莫非……就在许君怀疑自己是否在梦中时，女郎羞涩一笑，说："许先生是否看我像电视剧《白蛇传》里的白素贞？不瞒您说，我的亲朋好友和周围的人，也一致这么肯定。好吧，我先自我介绍，我叫白灵，是……"

通过白灵的自我介绍，许君了解到，白灵自幼痴蛇，高中毕业后考进了某大学的生物工程系。经过学习，不仅对各种动物的生活习性、身体构造等了如指掌，对医治动物的病伤也颇为精通。毕业后，因她性格古怪，又总有蛇藏于身上，工作也就一直没有着落。好在她家在农村，又有蛇相伴，每日随父母种田倒也其乐无穷，只是婚事始终与她无缘。看到许君事迹后她欣喜若狂，高呼知音终于觅到，便千里迢迢前来与许君会面，决心与许君一起开一家宠物医院……白灵介绍完毕，当着许君的父母，直截了当问许君是否愿意，并把身份证和大学毕业证书一同递与许君。

许君当然求之不得，但还是心中无底。对于天上掉馅饼之事，许君一直警惕性极高，为此，许君看完证件后便直言不讳地说："你我素不相识，仅凭同样痴蛇就不远千里登门与我共事，确实让人难以置信。更何况，你我孤男寡女，多有不便，这……"

白灵的脸微微一红："有缘千里来相会，只这一句，我看就足够了。这是缘分，蛇缘。"说完，白灵拿出一沓人民币放在许君面前，说："这是三万块钱，购置一些医疗器械和药物，我看差不多了。开张后，我们再根据具体情况添加。你放心，赔了归我，赚了属咱俩。"事到如此，许君才塌下心来，满口答应与白灵共同操办宠物医院。而后，许君就带着白灵去了粤菜餐馆，自然是喜不自禁。

许君与白灵走后，许君的父亲即刻给我打来电话，让我速去他家。我家离许家不远，我很快到达。许君的父母把白灵之事告诉我后，无不担心地问我此事是否有诈。我也觉得此事有些蹊跷，又不好妄加评论，只好劝慰二位老人，许君天生聪明过人，决不会吃亏上当。说不定，这正是许君人生转变之大喜，婚姻之事也将柳暗花明。二老连连冲南拱手作揖，声声但愿如此。

许君身边凭空掉下来一个"林妹妹"，村里人无不惊叹与羡慕，纷纷来到许家祝福他们。那些嘎小子竟然当着白灵的面对许君胡言乱语，弄得许君阵阵脸红很不自在，而白灵却满不在乎，还时不时地顺水推舟，说得更是真假难辨。更让大伙儿惊叹的是，自打白灵到来之后，那条白蟒蛇犹如见到了久别亲人般兴奋，与白灵亲昵得如同姐妹。为此，我对许君开玩笑，别是白灵真的是白蛇显身？许君微微一笑却是不语，但从他的脸上不难看出，他内心是既喜又忧。

许君和白灵的宠物医院终于开张，且生意一直红火。正如《白蛇传》里所描写的那样，白灵看病，许君拿药。此时的许君，已经辞去了村会计一职，专心致志地与白灵经营着宠物医院。医院的名称很别致：关爱动物康复中心。不仅治病，医院电视还一遍一遍地播放着环境保护、生态平衡、保护动物一类的宣传录像，让前来给宠物就医者了解、掌握一定的有关知识，很是受广大饲养宠物者的欢迎。

第二年春天，当楼前铁栏杆上的蔷薇开满花的时候，许君与白灵举行了婚礼，许君独身的历史终于结束。婚礼是在粤菜餐馆举行的，场面红红火火，相当隆重。新郎新娘打扮得很是抢眼，而最抢眼的，还是新娘那已经隆起老高的肚子。许君的父母，更是喜笑颜开满脸幸福。

　　让所有人惊叹的是，当天夜里，陪伴了许君数年的那条白蟒蛇不辞而别。

　　此篇小说定稿之时，正值许君喜得贵子。

　　孩子的名字是我给起的，小名戏称：蛇蛋儿。

最后一头驴

袁永海

春节前那天，殷屠夫走进主人家，我看见母亲眼里流露出恐惧和绝望，我当时还笑它了呢，也不想想，民间自古就流传着那句俗话——卸磨杀驴，我们驴类本来就是那种命运嘛，更何况母亲已逾壮年，它已经老得没有多少力气犁地和拉车，主人当然不会再在它身上白白浪费草料哩。

记得母亲刚生下我的时候，母亲百般呵护地为我舔舐浑身的毛发，它的眼里就曾涓涓地淌过泪水，只是当时我净顾着撒欢，没完没了地在它肚皮下吸吮那两只干瘪的乳头，没去细细揣摩那泪水的含义呀。

　　那个春节我过得很孤独，仿佛主人突然间就不爱我了，我不知发生了什么事，总之被镇上的人称为大漏子的主人甚至连看都懒得看我一眼，更别说给我改善伙食了。

　　大漏子其实是个十分勤快且心地善良的人，我一向认为工作和生活在这样的人家是件非常愉快而幸福的事情。那之前，他每天早晚都要为我打扫房间，我房间的地面总是被铺满既柔软又干燥的沙土，为了感谢主人，每当他用那把光秃而坚硬的竹炊清洁我的皮毛，为我解除瘙痒时，我总是暗下决心——我要给大漏子做一辈子奴隶，坚定不移地效忠终生，事实上我也的确是那么做的。我出生在大漏子家已经两年多了，换句话说我虚龄已经三岁了，我长得很结实，明眼人只要一看我圆圆的屁股蛋和像铁棒一样精壮的两条后腿就知道了，而且我尖尖的耳朵、大大的眼睛以及雪白的鼻头儿，均表明在驴类中我是特别漂亮的一个。大漏子家有十来亩地，母亲年老体弱，我几乎承揽了所有的活计，大漏子一贯比较喜欢和疼爱我呀！

　　其实，最令大漏子欣赏的是我比一般的驴聪明，你是没有和我交往过，假如交往一次你就会完全相信我所言非虚，我不会说话，但是我能用各种独特的表情和动作表达内心的喜怒哀乐，可惜世间没有一所学堂是为我们驴开办的，倘若有，我敢说我的成绩一定是最优秀的，你不要以为我在吹牛，只要来到田间检查一下我的工作，你就会立刻竖起大拇指。我确实不知道大漏子为什么不给我添加草料，春耕马上就要来临了，我想不出他懒得看我的原因，难道他不怕我饿瘦了而无法承担繁重的体力劳动吗？那可关系到他家全年的收成啊。直到有一天我终于明白了母亲为何默默哭泣，弄懂了它在被殷屠夫拉走的一瞬间为什么会那么痛苦绝望，它当时丝毫没有挣扎和反抗，其实它一点也不怕死，它是在为我流泪，为我而痛苦绝望啊。

这天大漏子从外面弄回来一个庞大的怪物，砰砰的响声吓得我心惊肉跳，你没瞧见它的眼睛，它的眼睛足有头号海碗那么大，大漏子耀武扬威地坐在它的身体上，它的身子通体呈火的颜色，这色彩同样让我恐惧万分，它还长了四个轱辘呐。

我缩在房间的角落胆怯地偷偷睃视它，我窥见大漏子神气十足地从上面跳下来，他的表情令我嫉妒，那是一种发自灵魂深处的爱，我只在刚刚出生的时候曾在他的眼神里模糊地捕捉过一次，以后就再也没有过，即便是我出色地完成最艰苦的工作后。

不知大漏子摸了一下什么地方，砰砰的匐响戛然而止，我忽然记起来，我曾经在田间和公路上见过这种怪物，依稀听人们议论那叫什么机，是的，我想起来了，骆三叔的主人家就有个那样的怪物。它主人的责任田与我们的毗邻，去年秋种，接近黄昏时分，我拼命了整整一天，仍没有干完，我累得脚步趔趄，浑身的毛发被汗水浸泡成一条一绺的。

突然我听到轰隆轰隆的巨响像打雷一样沿着远处的工作路滚来，正是那样的怪物，它身后拉着个稀奇的铁东西，铁东西长了许多只脚。不一会儿它们就跑到骆三叔曾经干活的地里，又不一会儿那块比我们还多的地就被它轻而易举地耕种完了，简直太神奇了，真不可思议！我看得发呆，大漏子也发呆，他的面庞被毒太阳晒得黑红黑红的，可能是体内再没有汗液，他的蓝褂子瞧上去干巴巴的，结起一圈圈地图样的白碱，他比我一点儿也不轻松。

大漏子扬起头望着它们，像牛伯伯那样哈哧哈哧地喘着气，我看清他的目光里充满了歆羡，不知怎么他猛然举起鞭子恶狠狠地抽在我的屁股上，我立刻感到一股灼辣的疼痛在全身游走。

　　此后，我再也没有见过骆三叔了。一回，我好奇地问母亲，妈咪，骆三叔到哪里去了？母亲缄口，黯然神伤。我又问母亲，妈咪，那个长了轱辘的红色大怪物究竟是什么呀？它怎么那么能干？母亲这下说话了，母亲感叹了一声，接着就告诉我那叫什么鸡，我感到很惊讶，我说怎么还有那么大的鸡呢，得吃多少粮食呀？母亲苦笑着说："傻孩子，那不是下蛋的鸡，是机器的机，它不吃粮食也不吃草，只喝一点橙色的水。"我再问母亲关于骆三叔的下落时，母亲又不说话了。不过，母亲低落的情绪已经向我昭示骆三叔肯定凶多吉少。

　　只要见过骆三叔的人，都不能否认它是一头不可多得的棒驴，它虽然不比我灵巧，但是你听听它的名字——骆熊，就足以显示出它的高大雄壮和威猛剽悍，它真的像一匹大骆驼呀，皇亲镇上没人能测出它真实的力量，反正马不能拉动的犁它能拉动，骡子不能爬的坡它能办到，总之关于它的事迹母亲在世时就频频向我提及，骆三叔确实是一头被人们公认的杰出的驴啊。然而就是这样一头功勋卓著的驴，还是悲惨地成了人们的酱肉，成了人们的饺馅……我并非是在为骆三叔的猝死而感到悲哀，前文我就说过，我们驴类本来就是那种命运嘛，只是骆三叔还正值壮年，难道真的是这个世道变了？如果真是历史的必然趋向，那么我的遭遇岂不是更坏么？

我知道我在大漏子家已经不可能再有什么作为了。大漏子已另结"新欢"，我无法与他的"新欢"一较高低，自然要被打入"冷宫"。一个春夏悄然过去，我整日无所适从，闷在一隅几乎无人问津，我瘦得像一只病入膏肓的野狼，身上生了许多虱子，墙皮被我蹭得又光又滑，凹进去一大块。我的脾气越来越糟糕，吃饭的木槽竟然让我咬掉了过半，我的指甲愈生愈长，劈了许多道口子，站立的时候就感觉钻心的疼痛，苍蝇恣意在脚边繁殖蛆虫。

一天，我终于抓住一个向大漏子倾诉的机会，大约还有月余就到中秋了。那天大漏子莫名其妙地给我端来满满一盆嫩玉米，初时我真的有些受宠若惊，也有些惶恐，你知道嫩玉米尽管比不了山珍海味，可也赶得上人们的大鱼大肉了，我馋得直流口水，更何况我早已饿得眼睛发绿，真恨不得一口气就把它们咽下去，但是我没有，我乞求地望着这位善良的主人，对他说："老板，你就把我卖到别的人家吧，我想工作，我实在待不下去了。"

大漏子似乎懂得我的语言，不过他没有说话，默默地为我擦拭湿润的眼睛，又轻抚我的脑门，我感觉到他的掌心里滚动着一股模糊的伤怀。

少年时期是茁壮成长的阶段，二十几天的"大鱼大肉"使我突然间变得判若两"驴"，我的腰身像大碌碡一样又圆又硬，屁股蛋如两面镜子，只要你站在我身后，就可以清晰观赏自己的容貌。我差不多赶上记忆中的骆三叔了。我不管大漏子将要把我卖到谁家，或者那根本就是临刑前的几顿饱餐，总之即便是死，我也要死得悲悲壮壮，我不能让人们小觑我们驴类。

自古以来人们就一直把我们看成牲口。是的，我们没有那种文明的一夫一妻制，但起码也不像你们整日展现虚伪的面孔，口口声声说着道德伦理，处处宣扬宗教信仰，可私下却又做着我们牲口都鄙夷的事！远的不说，大漏子有个女儿名叫梅华，我见过这个女人，应该讲她是个很不幸的人，大概半月前，她回到了老家，听说是因为她男人另结新欢，不要她了，而她自己又下了岗，很让人心疼。果然，殷屠夫再一次莅临主人家了。

中秋前夜，那个夜晚出奇的宁静，月光是那样的惨白，

一只狗的自白

大漏子家宽阔的院落弥漫着浓浓的血腥气息，那是刽子手殷屠夫肮脏的身体所留下的，我恨死那家伙了，牛伯伯是他杀的，骆三叔和母亲也是他杀的，我见过他家的高房子，我知道那漂亮的高房子处处流淌着我们同胞的鲜血，还有你看看他家的胖儿子，如果不是经常喝我们的血，能长得那样壮吗？

别以为我们驴不会报仇！

老实说，面对死亡谁都害怕。我才三岁，三岁是花一样的年华，但是人类是强大的，落在他们手中，我除了束手待毙还能怎样，我只是心有不甘。那晚我更多地想到了母亲，其实母亲早已料到了今日。美好的月亮正在西沉，银色正在转为灰黯，我知道月亮完全沉下去的时候便是我永绝阳世之刻。

院子里好沉寂呀。

我听到了一连串的脚步声，他们正在悄悄向我走来，我发出了一声震天般的厉吼，我相信整个皇亲镇都听得到这声血和泪的撞击。这天夜里我经历了大喜和大悲的双重感受。走向我的并非是什么殷屠夫，而是我的救星，她就是大漏子的女儿，一个离婚又下岗的名叫梅华的女人。这个女人怪怪的，她走到院子中央，默默注视着我。后来，她走到我身旁，用手掌轻轻摩挲我的脖颈，接着又将脸贴过来，那一刻我才领略到什么叫心心相惜。

她把我放了，送到了院门外，她的眼睛里全是鼓励，为了感激我抬起前腿和她握了手，我说过我是一头聪明的驴，能以各种独特的表情和动作表达内心的一切喜怒哀乐，本来接吻才是我们驴类表达最亲密的行为，可不是说我们驴的唾液中可能含有狂犬病菌吗，虽然我知道我没有，但是万一呢，我怎么能让恩人冒那种危险啊。

半年多没有走出大漏子家了，皇亲镇的街景显得些许陌生，我在寂寥的大街上茫然地奔跑了数圈，也没有嗅到同胞的任何气味，换句话说我成了这个镇上唯一的一头牲畜，孤独和无助感霎时袭遍全身，一种前所未有的重负突然注进四肢，仿佛在那一瞬间我的思维也全被抽了去，我当时什么也不想，我都不知道自己是如何来到"公主坟"的。月亮已经下去了，正是黎明前的黑暗，皇亲镇的田野出奇地荒凉冷峭。"公主坟"是大漏子家最大的一块承包田，一畦畦小麦刚刚出土，尖梢上挂着晶莹的露珠，工整而有序，一看便知是那种铁东西的杰作。忽然想起来我曾经问过母亲的一件事：这块地没有埋死人呢，为什么叫坟,还叫什么公主坟?母亲说这块地埋过人,而且真的是一位公主,她是乾隆爷的女儿呐,只是后来在"破四旧"的时候被人们挖掘整平了。

太阳露出了半张红脸,万物似镀了一层黄金。我听见四周开始传来隐约的吆喝声:慢点儿,好不容易才找到,别再把它吓跑喽!小心,逼急了,它有可能踢咱们的!大约十几个人,我看见他们手里有的握着棍棒,有的提着绳套,从四面八方警惕地朝"公主坟"围拢过来,大漏子一马当先,这位善良的主人大概是豁出去了,他擎着一把寒光闪闪的铡刀,满脸杀气,那位名叫梅华的女子神情紧张地尾随其后,她不住地喊叫:"爸,你把铡刀放下,别伤害它。"

包围圈越来越小,我没有跑,你不知道我当时的内心有多么泰然,我静静地坐在田埂上,像个还不会走路的小娃娃那样,两腿朝前伸直,两臂抚在胸上,我闭上了眼,我看见一轮红日正微笑着徐徐向我走来,一首来自天堂的乐曲就像清澈的溪流淙淙地在我耳边奏响……

好久都没有动静,我睁开眼睛,发现人们木木地站在不远处,原来他们全被我奇怪的举止吓住了,他们或许以为一头驴在做着某种妖法呢。我望向梅华,这个女子正焦急地冲我挤眉弄眼,头使劲地一下一下歪向东南方,我瞭向那里,一道堤坝挡住了视线,我豁然明白梅华是在示意我赶快逃跑。那里有一条宽阔的河流,她相信我能游过去,而只要游过去人们就不可能再抓到我了。是的,这个想法固然不错,但是好心的恩人,你有没有想到即便侥幸逃脱眼前的劫难,那后果也同样不堪设想,哪里还有我们驴生存的地方呢。我凄厉地发出一声苦笑,冲恩人感激地摇摇头。

我被重新抓回到大漏子家。

那条铁链子可真硬,而且还有股难闻的生锈味,起初我不肯让大漏子将它勒进我嘴里,我的头固执地甩来甩去,躲避着,可是大漏子的手实在太有劲了,就像一把特大号的钢钳,死死地钳住我的下巴,逼迫我不得不把嘴巴张开,我的舌头和嘴角一下子就被勒破了,鲜血滴滴答答地往下淌,我有些恼恨他,牙齿咬得铁链咯咯响,我瞅着他凶神恶煞的脸,心里怨怼,你不是要把我卖给殷屠夫吗,不是要把我杀了吗,干吗还要折磨我,难道死也不给我来个痛快?

主人家的大铁门被牢牢地闩起来,显然是防止我再次逃跑的。大漏子彻底犯了犟劲儿，他根本就听不进梅华的苦苦哀求。梅华似乎再也想不出阻止他的言词，只能眼睁睁地任由他在我身上乱发脾气，我瞥见她焦急得都涌出泪来，她围在大漏子身后就像只热锅上的蚂蚁，转来转去，大漏子一鞭紧过一鞭，专捡我的软处抽，我的耳朵绽开了一道道血口子，他一边打一边咬牙切齿地骂："没用的东西，我打死你，打死你，看你还敢不敢跑。"

梅华拉着他一条手臂，声嘶力竭地哭求："爸，别打了，别打了，它禁不住你这样打的。"

暴打一直持续了半个多小时。

三天以后，我的头上及软肋上结了许多血痂，多亏了梅华，我不太清楚她为何那么细心地照料我，她居然偷偷地给我涂了红伤药，还喂我最好吃的黄豆呢。你也许怀疑大漏子为什么那么痛打我，其实这问题十分简单，完全是因为殷屠夫不要我了，殷屠夫说，过了时辰的驴肉是卖不到好价钱的，赔钱的买卖谁愿意做呢？

过了一周，我的伤势彻底痊愈了，这天早晨梅华突然把我拉出了家，这个女人怪怪的，肩上挎只鼓囊囊的旅行袋，一副要出远门的样子，我茫然地跟在她后面，不时有路人狐疑地看着我们。

在镇西我们遇到了一位老奶奶，老奶奶领个三四岁的小男孩，小男孩哭着喊着非要叫奶奶抱着他追我们，我听见那个小男孩央求说："奶奶，奶奶，咱们家也要一只那么大的黑羊。"

老奶奶显得很烦躁，大声申斥他："什么羊，那不是羊，是一头挨千刀的驴。"听听，挨刀也就罢了，还挨千刀，若搁以前，谁家要是有我这样一头驴，那份骄傲劲儿就甭提了。

梅华领着我像放牧一样行走了三天，三天里她简直赛过母亲，或者更像一名循循善诱的老师，她给我讲了许多人生哲理，诸如不要向命运屈服，不要受了一点坎坷就一蹶不振，应该学会坚强，世事艰难，事在人为，等等。我虽然听得懵懵懂懂，但是我的心情不知不觉间逐渐开朗起来，我偶尔做出一个滑稽的动作引逗她开怀大笑，我们暂时忘记了一切烦恼。

第二天住旅店时发生了一件不愉快的事情，那是一家靠近路边的机动车旅馆，旅馆的房子很高，起码和大漏子家四所住宅摞起来一样高，方方正正的，看上去宛若一块大石头。看门的是个秃顶老大爷，戴一副老花镜，面目一点也不奸恶，可是他说什么也不让我们进去，他机警地询问梅华："你是牲口贩子吗？"梅华摇头，他又问："那你牵着头驴干什么？从哪来到哪去？它是你家的吗？"

梅华本来就是个不善言辞的人，被老人一追问立刻显出慌张的神情，双唇翕动，支支吾吾。老人突然严厉起来："你是不是小偷？"梅华连忙摆手："不，大爷，我不是小偷，您听我说，我真不是小偷。"

接着她便从她如何下岗开始，一直讲到我如何要被宰，她又怎么营救我，初时老人家尚能耐心地听，后来脸上渐渐露出一种怜悯和疑惑，当梅华讲到是要给我找份工作时，老人喔地从座位上弹起来，他随手抄起墙边的拖把高高举起，大声呵斥："滚！"他用拖把一直将我们逼到门外，我看见一个年轻人快速跑过来，他问大爷："怎么回事？"大爷厌恶他说："真晦气，来了一个神经病。"

天已经黑下来，马路上的车辆如织布机的梭子般来回穿行，凶狠极了，它们的目光刺得梅华睁不开眼，她的腿脚一瘸一拐，明显力不从心。两天了，我们大约走过了一百五十里路，她什么时候做过如此的长途跋涉呢！她的脚板早已磨出了大水泡哩。

我甩开缰绳，奔到她前面，匍匐在地，用鼓励的眼光示意她骑到我背上。梅华没有一点经验，胆也太小，她根本就不知道驴骑屁股马骑腰，她紧紧搂住我的脖子，结果是尽管我小心翼翼地站起，一连三次她都笨拙地滑到地上。在这个夜晚，我们都玩得很开心。

差不多快天亮的时候，我驮着熟睡的梅华接近了一座特大的村落。这个村落也太大了，如果不是从外面进去，而是长期生活在其中，我说什么也不会相信它会有边缘，这里的房子更高，你得仰头使劲往上看，否则就甭想望到顶儿，而且奇形怪状的，还有一水儿玻璃的呢，街道也不像皇亲镇，纵横交错，起起伏伏。随着太阳的升起，行人车辆越来越多，每到一处十字路口，简直就像一大锅扑哧扑哧的稠粥。梅华可能太疲倦了，一直安稳地趴在我背上，直到一个戴坡形怪帽的人拦住我们，那人瞪着眼睛喊："嗨，站住，危险！"梅华才一蹁腿溜了下来。

那人盘问了梅华好一通，不过后来还是放我们走了。

太阳悄悄爬过了房顶，天空仿佛蒙着一层云翳，光线是淡淡的，房顶儿是模糊的，处处熙攘嘈杂，好像耳朵眼儿里被塞了一团乱麻。这么大的村庄见不到一块田园，梅华要到哪里给我找工作呢？好不容易碰到了一片绿地，可是四周弥漫的竟是酽酽的花草的奇香，又哪里种着什么庄稼。我看见里面不仅种了各色的花草树木，还栽了许多石桌石凳，这里无论老人、小孩还是年轻人，看上去个个像懒虫，我不知道他们手里拿的那叫什么农具，长长的、窄窄的、亮亮的，尾巴上坠着一条像鞭子一样的长穗子，他们把它举在空中慢慢地挥来挥去，根本就不往地上刨或戳，那哪是做活呦。

我们来到了一座宽大的门楼附近，霎时间缕缕氤氲的烟雾扑面而来，这是什么地方？带我来这干什么？我望向梅华，发现她突然不自信起来，她的脚步开始迟疑，叮嘱我站着别动，犹犹豫豫向一面小窗口走去。不久她返回来，她说："走，我们进去吧，缎弟儿，以后这可能就是你的家和工作的地方了。"对了，忘了告诉你，缎弟儿是这次出走的第一天梅华给我起的名字，挺好听吧。她管我叫缎弟儿，我在心中叫她华姐。

我们由一个女孩领着走进园内，这园很深，远处的嬉闹声缥缥缈缈。女孩做不了主，她说我们只有去见领导才能下决定。

我们说话的时候一些好事的人围拢过来，我听见两个人在那里议论："这头驴长这么结实，不在田里做活拉这儿来干什么？""大概是动物园买的吧。""不可能，动物园买它？又不是国宝。动物园有驴，你以为这里没驴怎么着？""我知道这里有。""正因为有，所以才不可能买……"两个人的声音越来越高，你一句，我一句，竟然争吵起来。我感觉他们两个准是吃饱了撑的，咸吃萝卜淡操心，等哪天也下了岗，看你们还有没有这种心情！

我不清楚动物园是什么地方，不过从这三个字和这里漫天的气味推测，它应该像我们那里的养殖场，也许这里的动物品种更多些吧，不然建这么广阔的一块地方，得什么时候才能把本金捞回来？但是，动物园养驴做什么，鸡鸭鹅能产蛋，猪羊可以供给人们肉食，而我呢？这里绝不像有田要犁的样子，难道……难道是想让我当一头种驴？

我见过我父亲一面，那是在我刚出生不久，我跟随母亲和大漏子去镇东南的茎秆河边吃草，当然是母亲吃，我在一边随意地玩。日落时，我看见一头没法再高大的驴从河堤上昂首走过，它的脖颈下挂着一串铜铃，随着脑门上的红缨甩动，发出叮叮当当的响声，背上老汉得意而满足地哼着不知哪家子的戏曲，母亲也看见了它。

我说:"母亲,你看,它多威风。"母亲瞪了我一眼,不屑地说:"它有什么威风的,你知道它是谁?它就是你不学无术的父亲。"我以为母亲早就认识它,对它存有成见,遂继续吞吞吐吐地问:"既然它不学无术,那么它……它……"母亲生气了,非常严厉地训斥我:"它是靠那个东西生活的,我们驴类全都看不起它,以后不许你再羡慕它,听见没?"

母亲的话犹在耳畔萦绕。

母亲的话我懂,母亲的意思是,即使将来我被饿死,也不要做种驴。我有些气梅华了,你怎么能给我找这样的工作呢?我不肯再往前走。其实,你知道的,那都是我误解了梅华,动物园根本就不是我想象的那样!

那几位叫领导的,简直连小丑都不如!他们不打量我,却一味地将目光放在华姐身上。老实说,华姐虽然有几分姿色,但毕竟已年近四十,加上连日奔波,头发松松散散,勉强遮盖着黑瘦的双颊;再说衣着,为了抵抗寒冷,又因为已近深秋九月,赶夜路自然不同于睡安乐窝,里边是件浅绿色的羊毛衫,外套是件米色风衣,脏兮兮的,且纽扣也掉了两颗,扣眼儿豁开了一道口子。

不过这应该全怪我呀，要不是我昨天晚上三番五次地将她摔下，她怎么会弄成这样。

那个油头粉面的中年人肯定不是好人，他嘴里叼着烟，往我脸上喷了口烟雾，我禁不住打了一长串喷嚏，他的表情最让我憎恶了，是那种既猥亵又轻蔑的嘴脸，戏谑着说："送驴？！哈，送驴！"他点着头，又转到华姐身前，"你怎么替它着想的？"他不怀好意地上下打量着华姐，"它和你什么关系？"

听着他嫌弃的语气，我真想上去踢他几脚，或者干脆咬伤他，把狂犬病菌全都种在他身上，叫他最终抽风而死。华姐也被他激怒了，但是华姐瞪起的眼光很快收回来，她赔着笑脸唯唯诺诺地自嘲："我是有些衣冠不整，像个疯子，可是您千万别把我当成疯子，我知道，你们现在的日子也不好过，连混口饭吃可能都艰难，何况再多养活一头毫无观赏价值的驴。我只是，只是……"她望我，冲我轻轻点一下头，又把脸转回去，"这头驴实在太好了，我实在不忍心看着它死，这样，如果你们确实感觉有难处，我就不要钱，一分也不要，白送给你们，只希望你们能善待它。"

在场的人尽皆怔住，看得出他们均有些紧张，沉默少顷，还得说是那个中年人脑子快，阅历深，他狡黠地盯了华姐片刻，突然朗声大笑，吩咐领我们进来的那个女孩说："小范，到我的办公室给警察打个电话，就说这里有个骗子，叫他们赶快来一趟。"

"别打。"华姐急了，扑过去，拦住那个叫小范的女孩。华姐说："领导哇，我不是骗子，真不是，我知道，这年头骗子很多，五花八门的都有，我不怪您，请您仔细想想，我拿一头驴骗你们干什么？难道还想换一只老虎或大熊猫不成？如果你们还不信，我可以给你们当场立字据，来，你们看，这是我的身份证，我就是不愿意让它死，所以才奔波来到这里，难道白送你们都不要吗？"

几个人面面相觑。

我最终没有被留在那个叫动物园的地方，不是因为他们不要，而是因为华姐不给，华姐是在气愤到极点的情况下，把我从他们手里夺回来的，试想白得的东西谁不要呢。错就错在他们依然把华姐当成了又疯又傻的人，他们说："哎——这傻东西，她不舍得吃，竟送给咱们吃。"没料到，这话恰巧飘进依依目送我的华姐耳中。

我们向着西南方向走，华姐坐在我的背上，无论怎么说华姐都算是那种最刚强的人，我对她从心底肃然起敬。动物园的那些打击像完全没有发生过似的，她依然有说有笑，快乐得如同一个无忧无虑的天使，用她教导我的话说，所有的深渊都有边缘，只要你用心，锲而不舍地去寻找。

我们穿过一村又一村，越过一个又一个城镇，华姐总是乐此不疲地给我讲述古今中外乃至天上和地下的故事，我知道了那个大村庄其实叫城市，知道了那些既高又漂亮的房子原来叫楼，天空隆隆翱翔的巨鸟是飞机，铁轨上呜呜奔驰的长怪物是火车，我知道了我们生活在地球上，地球上有一望无际的大海和比云彩还高的山，有发达的地方和穷困的地方，有好人也有坏人……

我们晓行夜宿，忘掉走过了几个时日，只记得我们由宽阔而平坦的柏油路走向了比较窄的马路，最后又来到起伏跌宕坑洼不平的小径。终于这一天，我们乘坐一回摆渡，眼前忽然出现了熊熊燃烧的"火焰山"。见到"火焰山"，我激动得忘乎所以了，我禁不住立刻问华姐："华姐，看，火焰山。"我当然不是真问，因为我根本不会说人话嘛，我是顿时止步，瞅瞅火焰山，弹弹前腿儿，摇摇耳朵，甩甩尾巴，再用目光询问华姐的。华姐霎时明白了我的意思,她笑了笑告诉我:"傻缎弟儿,那不是火焰山,是野枫坡,因为野枫坡上漫山长着枫树,赶上枫叶红了的时候,远远望去就像火焰山了。"

看着挺近,实际上还很远,我驮着华姐又跑了整整小半天,大约接近黄昏时分才勉强赶到野枫坡脚下。果真是漫山的枫叶,太阳被挡在了西面,它们看上去殷红殷红的,在微微的秋风里,就像一片哗哗流动的血液,表现出极其雄浑的生命力。我们在枫林边缘寻找到一座老屋,老屋门前一位持板斧的老汉正在劈柴。老汉待我们如亲人,听说我们是从遥远的城市赶来的,要过坡,要到坡另一边送头驴,他高兴得连忙喊来孙子,他命令孙子说:"枫儿,快,快把爷爷捕的那几只鸟放在火上烤了,再把酒找出来,爷爷要款待天上下来的菩萨。"名叫枫儿的男童十分可爱,他八九岁的样子,指着我和华姐问爷爷:"爷爷,爷爷,什么是菩萨,她们俩都是菩萨吗?""都是都是。"老汉已经开心得合不拢嘴了。

这一夜我们住在了老屋,睡得忒香甜。

翌日清晨,我们由老汉和枫儿领着翻越并不太陡的野枫坡,枫林内有条羊肠样的小径,老汉在前,华姐第二,我紧随其后，枫儿拿着树枝不时捅一下我的臀部或尾巴，这孩子像只话匣子，问这问那，似乎你不给他关电门，永远都不会止歇，然而你又不知道他的电门在哪。从他嘴里我们得知，坡那边的村子名叫二十间房，共居住着十七户人家。看得出华姐依旧不放心，她再三地向老汉发问："二十间房一定会收留它吗？"老汉十分肯定地回答："会的会的。""您怎么知道会一定呢？"老汉就发出讳莫如深的笑来。原来他在昨天夜里趁着我们熟睡时，早已偷偷回过一趟村子，并不是怕村里人拒绝，而是忍不住要早些把这天大的好消息通知他们哩。

没想到坡西与坡东竟截然不同，坡西没有一棵枫树，二十间房隐藏在半山腰一块平坦的地势处，周围长着密密麻麻的杂树，袅袅的炊烟像浮云般缭绕不散，漫坡都是红色的梯田，这里的土质是红色的。有几块田里种着小麦，长势喜人，鲜绿鲜绿的。

我们在二十间房受到了平生从未有过的欢迎，六七十口人一齐拥到村外，列成长长的夹道，为首的村长脖颈下挂着一面陈旧的羊皮小鼓，两只小铜锣排列左右，他们卖力地敲哇敲，其他人奋力挥舞着由枫枝临时做成的简易花环。我看见华姐流泪了，我也流泪了。华姐就是我的普罗米修斯，也是她自己的普罗米修斯。

　　还想听我后来的故事吗？我猜你肯定还想。不过想也不行了，现在已是春天，那边新建起的学校已经传来普罗米修斯和枫儿们琅琅的读书声，我哪还有闲暇和你瞎侃呢。记住，我住在野枫坡，是个十分美丽而幽雅的地方，我生活得非常幸福，只要你有心，就一定能见到我。好了，我们拜拜吧。

放生

刘学兵

吃罢晚饭,天还没有黑,土根就有些等不及了,手忙脚乱地帮女人洗起碗来。这是信号。只要土根在抢着干活儿,女人就知道他要做什么。看了看山峦上的太阳,女人笑了一下,四十多岁的人了,居然还保存着少女般的羞涩。这使土根更加兴奋。他浑身像一张拉满的弓,就等着奔向战场,把箭射出去。土根抓住女人的手,女人没有挣扎,说天还没有黑哩,就这事积极。土根说,怕啥?又不是在偷人。

女人就依了土根。

一只狗的自白

女儿在村里念小学的时候，土根很规矩，从不敢轻举妄动，常常在女儿睡熟后和女人亲热，还怕弄大了声音，闹得跟做贼似的。现在女儿到镇上读中学去了，住在学校，土根的胆子就特别大，也更加放肆，有时甚至赤裸着身体在屋里走来走去，那玩意儿也跟随着摇头晃脑，好像在示威……过了一会儿，土根开始喘息，显然是箭在弦上，不得不发了。在昏黄的灯光下，土根发现女人表情木然，像在完成任务。他拉过被子盖在女人白生生的腿上。土根说，咋啦？腰又痛？等有了钱去镇上检查检查。女人说，啥时候才叫有钱？一元两元也是钱哩，你敢去镇上检查？还是看看眼下吧，明天又是星期六啦。

女人是越来越怕星期六了。星期六一到，女儿就要回家，星期天下午才返校，走的时候要拿下周的生活费。钱不多，就五十元。可是，这五十元女人也受不了。一个月就是两百哩，当去馆子洗半个月的碗了。土根向来不管钱，他只是家里的决策者。钱都在女人手里。如果土根决定要做一件事，就会冲女人一伸手。钱！女人就给钱。当然，事情过于重大，或者，资金数目过于庞大，那还得全家通过才行，其中也包括在读中学的女儿。要是事情没有通过，女人就用沉默来拒绝。

如果有两个人认为可行，那女人也得付钱。比如，土根要给女人买一件羽绒服，很长那种，两百多。女人嫌太贵，不要。土根和女儿都坚持要买，女人也只得咬牙掏钱。这叫少数服从多数。

每个星期天的下午，土根都会冲女人挥挥手说，给她。于是，女人照例掏出五十元来给女儿。女儿刺花很听话、懂事，知道家里的钱来得不容易，特别节约，一学期下来居然用节约的钱买了一条连衣裙和一双高跟皮鞋，都是很流行的那种。女孩子都爱美，她宁愿在生活上马虎一点，也要在衣着上讲究一点。女儿这样做，让女人又欢喜又心痛。也就是上个星期吧，女儿返校的时候，女人却拿不出钱了。土根说，钱！给钱！女人说，没有啦。土根说，我打零工不是有两百吗？女人就给他数，电费去了多少多少，肥料去了多少多少，买种子，买盐，村长来家里那天打酒……土根听得耳朵里嗡嗡直响，连眼也忘了眨。他半信半疑，一分都没有啦？女人说，你算算你算算。土根没有心思去算，他到村长那里去借了五十元。女儿接过钱的时候，土根看到她脸上挂着泪水。

明天女儿又要回家了，这使女人心里有些不安，她对土根说，不读了吧，反正她迟早是外面的人。土根说，以后要把刺花嫁出去？女人的脸上露出不解的神情。土根说，日后咱俩老了，谁来送终？女人说，你要把她留在家里？土根没有正面回答，只说，都读到这份上了，还是让她读完吧，书里的东西没准儿以后有大作用哩，丢了可惜。女人说，那刺花的生活费咋办？土根沉思良久说，卖猪吧。女人说，过年呢？素年？土根说，素年就素年吧。

土根是一家之长，所有事情的决策者，是说话算话的。他说过素年，女人自然不会说什么。虽然也涉及钱的问题，但不是把钱往外拿，而是把钱从外面拿回来。然而女人毕竟有些舍不得，嗫嚅着说，正长膘哩。过了一会儿又说，正长膘哩。隔一会儿又说。

土根不耐烦了，没好气地说，长膘就长膘。然后翻身从女人松软的肚皮上下来，拉过被子把头蒙住，不再理会女人。那一刻，土根觉得做一个男人很累。

不一会儿土根就睡死过去了，然后他便开始接二连三地做梦。土根梦见满地都是钱，太阳在远处闪着耀眼的光，土根站在那儿，惶惶地不知做啥才好。隐约想起卖猪的事，抬眼一看，四下里全是猪，都咕咕地叫着聚拢过来，一会儿就把土根淹没了。土根手脚并用吁吁地赶着猪，好不容易赶走了猪，他又想起了女儿刺花的生活费。地上到处都是钱，土根想，哪怕捡一张也好啊。可是，一阵风吹过来，把钱都刮走了。后来土根看到了满树的喜鹊，跳上跳下地叫着，怎么也赶不走。他抬头看了看天，明净而高远的天空中，喜鹊不断地飞来，拍打着翅膀落在树上。土根正不知所措，猛然听见有人喊自己，声音很熟悉，但一时又想不起是谁，就抬高声音问是哪个在喊。那个声音说是我。土根说你是哪个。话音未落，土根便觉得有人推了自己一把，怎么也站不住，摔了个仰八叉。他一下子就醒了。

女人正站在床边，一脸的惶恐和不安。她说，你病了吗？土根一骨碌爬起来，你才有病哩，把我推到地上做啥？女人说，你在床上哩。土根一激灵，可不，自己好好地躺在床上哩。他脑子里一闪，不好！天都大亮了，挨到下市，猪价跌得厉害，会少卖几十元哩……恍然间记起做了什么梦，是什么梦呢？想不起来了。妈的，都是叫梦给捱的。土根心里直骂自己贪睡，只顾做梦，不顾做事。他往腿上套着裤子，抽空点了一支昨晚裹的叶子烟。

猪喂了?

女人说,正喂。

喂饱点。

土根弯腰穿鞋,穿好了,抬头看见女人还在原地没有动,有些恼火,是不是等我去喂猪?

女人还是没有动,只说,有人搬了块石头丢在门口。土根没有听清楚。说,石头?啥石头?你给猪喂石头?女人说,不是喂石头……是有人搬了一块大石头放在咱们家门口。土根停止了手里的动作,你说门口有块石头?女人点点头。土根推开女人说,我去看看。

从里屋往外走的时候,土根隐隐约约看到大门口黑沉沉的一大块,果然是石头。心想谁这么缺德呀,搬块石头扔在大门口,踢上准得摔倒。猛然想到刚才梦里似乎就摔了一跤,浑身立刻出了一层冷汗。幸亏叫女人发现了。土根暗叫好险,伸手就去搬那块石头。但是,他的手还没有碰到石头,便杀猪般地嚎叫了一声,这石头有……有脚,是……是活的!女人也吓了一大跳,提了一桶猪食远远地站着,心里惴惴不安。石头是活的?你,你……没看错?

毕竟是男人,土根的胆子要大一些,他围着那块石头转了两圈儿,再转两圈儿。此时天已经大亮了,周围的一切不再模糊,土根这才看清楚了,那不是石头,而是一只乌龟。

乌龟是什么样子,女人是清楚的,给她印象最深的恐怕是那一块硬壳了。乌龟大的能有多大,女人没有见过,但小乌龟是什么样子,女人见过,也就拇指头那么大,也许还有小的。可是,现在这只乌龟有点可怕——大得有点可怕。多大?就像土根家里那口柴锅一样大。

是……是乌龟?

女人禁不住啊了一声,听上去有些恐慌。

那只大乌龟见有人在自己身边走来走去,就把头、尾和脚缓缓地缩进黑沉沉的硬壳里。过了一会儿,见外面没有动静了,又缓缓地把头伸出来。土根看见那乌龟的眼里闪着幽幽的光。它抬起头来,正好对上了土根的目光。土根觉得那乌龟的目光中闪烁着一种安详和慈爱。那一刻,土根想起了自己的娘。他恍恍惚惚地记得娘走的时候也是这种目光。她躺在床上,似乎明白自己的时光不长了,便把手抬起来。土根不明白她的意思,把头凑近,想听听她说什么。可是,她什么也没有说,只是用手在土根的头上抚摸着,抚摸着……然后,就无力地滑了下去。等到土根意识到什么时,娘的眼睛已经闭上了。

血色还没有从她的脸上消失,那种安祥显得无比的生动,好像睡熟了似的……那是娘对自己最后的关爱呀。眼前的这只乌龟,它就是自己的娘呀,是娘的生命以另一种形式存在着。想到这里,土根的眼眶便有些潮湿了。

这个早晨,土根的娘回来了。

这是一个明媚清新的早晨。但是,这个早晨对于村长来说不是那么愉快。一是昨晚打牌输了钱,二是睡眠严重不足。本来是打算今天上午好好补一觉的,谁料刚倒在床上就被老婆一顿臭骂轰起来了。老婆黑着脸数落一通后,把锄头扔给他,叫他去铲草。村长揉着充满血丝的双眼,央求老婆手下留情。但说归说,事还得去做。在外面都是别人听村长的,可在家里都是村长听老婆的。有啥办法呢?说起这些,村长就苦笑。这叫卤水点豆腐,一物降一物。道高一尺,魔高一丈。

太阳还没有出来,但热气已经在四处流淌,村长满头大汗地在玉米林里钻来钻去。

村长是原来村里的团支部书记,换届的时候就选上了村长。当时他不过三十出头,豪情壮志。他在大会上拍胸脯,说,两年,两年不把经济搞上去,就拍屁股走人,滚蛋。差不多所有的人都看见村长在大会上拍胸脯,听到村长在大会上的讲话。头两年过去了,人们没有看见村长拍屁股。又过去了两年,人们还是没有看见村长拍屁股。如今都快六年了,村里的经济是啥模样,谁也没有弄清楚,更别说奔小康了。看现在的发展趋势,人们有理由相信,即使再过两年,依然看不到村长拍屁股。

其实村长还是努了力的,比如筹款拉闭路电视,只是价格过高,村民无法接受才搁得浅。再比如修条贯穿全村南北的简易公路,但占地太多,镇里没有批准。还比如他的肉羊养殖场,也是因为缺乏技术才半途而废……近些日子他又想到了办农家乐,通过地道的农村生活吸引城里人,吃农家饭,住农家房,睡农家床,让城里人真正体会农家的乐趣,过一种世外桃源般的生活。但村民们都叫苦,说村长你得拿钱呀,不修理修理,我们那样的房,那样的床,人家城里人抱着钞票也不敢来呀。看看,看看这帮村民都是什么觉悟嘛。一想到这些村长就生气,就骂人。骂村民觉悟低,骂完村民又骂镇里,骂镇里目光短浅,办事效率低。村长甚至还骂自己,骂自己打牌没有运气,尽输钱,骂自己没有三头六臂,没有通天的本事,办什么事情都有始无终……村长骂完自己,正不知该骂谁的

一只狗的自白

时候，就听见大路上有人在喊村长。

村长头也不抬便粗声粗气地吼，开会开会又是开会。对方又重复了一遍，说是去看乌龟，看大乌龟。村长还是听走了音。他大怒，又是开大会。那个喊村长的人也气急败坏，大声吼，不是开会，是去看乌龟，你的耳朵让镇长割去下酒了吗？这回村长听清了。他笑了笑说，一大把年纪还没有看过乌龟，妈的，不是乌龟就是王八。那个人知道村长在开玩笑，也不计较，急匆匆地走了。村长自言自语，乌龟？乌龟有啥好看的，我吃的比你看的都多哩。抬起头，看见大路上三三两两又来了几个人，还有挎书包的学生，个个行色匆匆，像去救火。又有一些人走过来，其中一个尖嗓门的女人喊，村长，还不去看稀奇？不用看，村长就知道是水海家的媳妇。村长说，我想看你。水海媳妇说，不开玩笑，土根家来了一只大乌龟，比家里的柴锅还大哪。旁边的人说，没有一头猪重，也和一只羊差不多。村长半信半疑，真的有大乌龟？水海的媳妇说，骗你是王八。众人都齐声笑起来。村长的兴致来了，说，那我也去看看。有人立刻递过来一支烟，村长接住栽进嘴里，点燃，背着手向土根家走去。

村长走得很慢，所以他远远地掉在了人群的后面。但是，村长的步伐沉重而有力,这都显示出他的沉着和冷静。当了几年村长,让从前的团支部书记变成熟了。虽然村长也急着想看大乌龟,但他依然保持着一种不紧不慢的姿态向土根家走去。他清楚,一个领导者的威严其实都是在平时生活中的细节上体现出来的。

土根家的院子里早已乱哄哄地挤满了人。谁都在说,可是谁也听不清楚对方在说什么。村里的小学生来了一大半,他们人小,看不见乌龟,就快活地在人群中挤来挤去。对于他们来说,能看到大乌龟当然高兴,但听不到上课铃的声音更令他们兴奋。他们挎着自己的小书包,几个排成一串,锥子一样用力往人群里挤……土根的院子里有一棵皂荚树,高大粗壮,杂乱的树枝几乎把整个院子都阴盖住了。一个小学生灵机一动,不顾锋利的皂荚刺,噌噌几下就爬上了皂荚树。其他的小学生受到了启发,都猴子似的蹿了上去。只有女生可怜,眼巴巴地望着树上的同学,不停地问,大不大?大不大?像锅那样大还是像筛子那样大?男生们在树上居高临下地看大乌龟,快活得很。面对树底下女同学的提问,他们夸张地尖叫着,这更令女生们心急如焚。一种优越感在树上男生们的心里蔓延开来。他们像果子一样挂在树上,七嘴八舌地议论着,后来竟出人意料地争论起来。争论的焦点也出人意料,一方说树下那东西叫王八,另一方说不对不对,应该叫乌龟。他们就这样争执起来,互不相让,就像在课堂上争论一道练习题。不知是谁的书包从树上掉下来砸到一个人的头,那个人哎哟怪叫一声,然后破口大骂,哪个王八糕子的书包把老子砸了,拉他下来喂乌龟!于是,这群像果子一样挂在树上的小学生便乖乖地住了嘴。不过,一个小学生还没有忘记刚才争论的话题,他为找到了证据而得意忘形,悄悄地对持反对意见的伙伴说,是叫乌龟,大人都叫它乌龟。对方不想认输,问,那大人说的王八糕子是什么?那个小学生想了想说,我不知道。对方还想说什么,然而,树下有个声音在大叫,下来下来都下来!爬那样高做什么?看什么看?说的就是你们!课不上,跑到这里来凑哪门子热闹,你们的老师呢?

　　说话的自然就是村长了。

　　村长来了。人群自动闪出一条路。村长径直走向了人群,像在检阅部队。在经过水海媳妇身边时,村长伸手在她肥大性感的屁股上拧了一把。众人都笑。水海媳妇红了脸,嗔怒,该死的!待要还手,又不知该拧村长什么地方,就在她发愣的片刻，村长便闪过去了，留下一股浓烈的香烟味。人们笑得更欢了。

村长在乌龟旁边站住了，心里禁不住暗叫一声，我的妈！这哪里是乌龟，分明……分明就是乌龟祖宗嘛！

这时土根正忙着烧开水。天气很热，人们挤在一起，挥汗如雨。有人就叫，土根你舍得拿大乌龟给我们看，就舍不得一口水吗？土根心想也是，这么热的天，人家站在你家的院子里水都没有一口喝，实在说不过去，就让女人去烧开水。一个声音说，烧什么呀烧，提一桶凉水来。土根女人也热，巴不得这句话，真的去提了一桶凉水放在屋檐下。几个人同时跑上去，就着水桶头也不抬地猛灌一气。附近的一家商店见有钱可赚，忙把冰柜里的冰糕拿来卖，居然卖得一支不剩，连啤酒也卖了不少。人们吃着冰糕，喝着啤酒，谈论着这只乌龟，猜测着它的来历。

村长冲土根招了招手。土根诚惶诚恐地来到村长身边。村长问他，这乌龟……哪来的？土根说，它自己来的。村长说，对我……你还不说实话？土根说，真的是它自己爬来的。村长拉长了脸，我家咋就没有爬个大乌龟去？土根急了。真的……

真的是……爬来的，昨晚我做了一个梦，早上它就在门口了。旁边一个人就笑，昨晚我做了一个梦，梦见自己搂着你的女人哩。人群又爆发出一阵大笑。又有人说，土根你别那样神秘兮兮的好不好啊！我们只是看看乌龟，听听它的来历，又不割走它一块肉。附和的人说，就是就是，它是你的，你该怎么处理那是你的事。土根想说清楚，可他越想说清楚就越说不清楚。人们根本就不相信他的话。

　　人在不断地增加，里三层外三层地把乌龟围了个水泄不通。外面的说，行行好，让我们也开开眼界。里面的说，不忙不忙，难得看到一回大乌龟，会增寿哩。外面的一急，就往里面挤，里面的也不示弱，还是挤。双方一用力，就把土根家门口的小石桥挤垮了。石桥上有一个瓷盆子，咣当一声掉在地上，吓得许多人心里一哆嗦。树上又掉下来一个书包，跟着又是一片叫骂声。水海媳妇脸色发青，汗水把她的头发全打湿了，像刚从水里捞出来的杂草。她嘴里说着，不要挤，不……要挤、挤挤挤挤……说着说着眼睛往上一翻，人就倒了下去。马上有人惊呼，快点快点，水海屋里发痧啦！立刻又有人叫，水海水海，你媳妇中暑啦。水海正喝着啤酒，听到喊声脸就变了，将手中的啤酒瓶摔得粉碎，拼命地向媳妇挤去。已经有人在掐水海媳妇的人中，还有的向水桶边跑去，舀水揪痧。院子里顿时乱作一团。

刺花就是在这个时候回来的。她提了两袋洗衣粉，一块肥皂，还有一块看上去不是很新鲜的肉。这些东西都是她用节约下来的钱买的。现在刺花是越来越懂事了，节约下来的钱不再买穿的了，她知道家里不容易，爹娘都咬牙支持自己读书，自己也应该为家里分担点什么，所以常常买些东西回家。盐啦，油呀，甚至还买点廉价的肉。这些虽然不能从根本上解决家里目前的贫困状况，但多少让土根两口子心里得到一点安慰。孩子毕竟长大了。

刺花是一个漂亮的女孩子，正读高三，爱好广泛，博学多才，成绩也不错。老师说如果坚持下去，就有希望。

刺花见自己家的院子里聚集了这么多人，以为家里出了什么事，慌忙往人群里挤，可刚挤进去又被人连拉带拽地挤出来了。幸好水海媳妇中暑，人们都忙着救治，她才挤了进去。看到乌龟，也是吃惊不小，然后她看到了村长。村长正向父亲询问什么，很严肃的样子。而父亲好像一点心理准备也没有，茫然而不知所措。

刺花是村里有知识的人，大家见她回来了，自然是要问她一些有关乌龟的问题。刺花告诉大家，乌龟是一种长得很慢的动物，寿命也很长，书上有千年王八万年龟的说法。这么大的乌龟是很少见的，它没有五百年也有三百年，是稀有动物，应该受到保护。人群立刻响起一片惊叹，乖乖！比咱的老祖宗岁数还大哩。正在这时候，那乌龟把头从壳里伸出来，向刺花横竖看了几眼，点点头，好像是对她的赞许。过后，它的头又缩回去了。人们都啧啧地称赞。看！它还有灵气，通人性哩。

说到乌龟通人性，刺花还给大家讲了这么一个故事。刺花说，一位湖北的农民捉到一只乌龟，在它的背上刻名装环，然后带到岳阳，放入洞庭湖中。想不到那乌龟连续八年，每年都回来一次，而且每年都是农历的五月初一。每一次回来，它都把头高高地抬起来，长时间地望着主人，似乎在静静地聆听主人的教诲，又似乎在向主人诉说自己一年来风风雨雨的经历。刺花最后强调，这是报纸上登载的，是真实的事。那只乌龟最后一次爬回主人家是一九八七年农历五月初一，此后再也没有回来。

院子里的人不再拥挤，他们都在静静地听刺花讲这个离奇的故事。水海媳妇也醒来了,血色又回到了她的脸上,看上去异常灿烂。不知是谁伸长了脖子去看那乌龟的背,然后失望地说,没有,没有名字,也没有环。过后是一阵长时间的安静,人们心里都升起一种莫名的敬畏来,空气中有一种令人窒息的压抑感。

一直沉默的村长语气里充满了对刺花的赞赏。他说,刺花到底是有知识的人,懂得多,让大家增长了见识。随后他冲院子里的人说,都听见了吧,这是国家珍稀动物,要保护,还要把它放回大自然。土根你要把它看好啊,我去向有关部门汇报一下情况,这里有什么闪失,追究起来你要负责。说完,村长便挤开人群扬长而去。

土根一脸的沮丧。他本想把这只乌龟弄去卖几个钱给刺花当生活费,村长的一席话让他顿时就傻了。刺花讲的故事也给了他一种震慑的力量,他总觉得这不是一般的乌龟。既然刺花故事中的乌龟连续八年回家看望主人以示报答,假如把它卖了,它会不会回来报复自己?想到这些,土根就出了一身冷汗。心里害怕,却又不知怎么办才好。

人群渐渐散去了,只有挂在皂荚树上的小学生们还舍不得下来。他们把书包挂在树枝上荡秋千,自己却嬉笑着在树上追逐,好像专门留下来看护这只大乌龟。

第二天土根还没有起床就听见院子里有动静,他骂骂咧咧地打开门,一下子就呆住了。院子里不知何时黑压压地站满了人。那些人有的拿着手电筒,有的提着矿泉水,还有的拿着伞。他们见土根开了门,都兴奋起来,不住地往前挤。有人自报家门,说是从镇上赶来的,听说这里来了只百年罕见的大乌龟,老早就起了床,来看看是不是真的。土根这才松了一口气,指了指屋檐下的乌龟,说,那不是?

土根没有把大乌龟弄到屋里去,除了嫌麻烦,还有和村长赌气。他想你村长凭什么要我守着它,它爱来就来,爱走就走,关我什么事。他又想,乌龟呀乌龟,你要走就走吧,我不为难你,你走吧,走得越远越好。可是,大乌龟并没有走,它只是挪了地方,从院子里挪到了屋檐下,依然把头、脚和尾缩到厚厚的甲里,像是睡熟了。

人们的目光顺着土根的手看过去,终于看到了大乌龟。马上有人惊叫起来,天哪!那……那是乌龟呀,我还以为是一块石头哩,在上面坐了好一阵……不一会儿,村长来了,书记也来了,还有村里的会计,民兵连长。民兵连长身后不声不响地跟着几个人，他们手里都提着绳子。土根认得他们，是村里基干民兵。每次开选举会或者其他重要会议时，他们都到现场维持秩序。村长和书记口气强硬，谁要是不听话，就捆人。村长的身边还有几个人，土根不认识他们，但土根认识他们手里的东西，一个拿的是照相机，一个扛的是摄影机。镇有线电视站的人到村里拍摄水利工程时，土根见过。

四个基干民兵分别站到了乌龟的四周，四双眼睛机警地注视着周围的一切，有点如临大敌的样子。

土根没有注意到事情是怎么发生的，他只是感到人群有些骚动，似乎在争抢着什么。时间不长，终于有一个人站到了大乌龟的旁边，是一位老人，白发苍苍，脸上的皱纹丝毫掩盖不住他喜悦的神情。拿照相机的人不住地摁着快门，雪亮的闪光灯刺得人睁不开双眼。一会儿，老人满意地离开了乌龟。接着又上去了两个年轻人，一男一女，看样子是一对恋人。女的有点害羞，表情和姿态都不是很自然。照相的人不住地给他们指点，可他们总不到位。后面的人等得不耐烦了，开始出言不逊。两个年轻人急了，男的更是涨得满脸通红。他们只得随便照了一张，随便得连他们自己也感到无趣。人们秩序井然地向大乌龟走去。照完了相，又井然有序地向村长走去。

那个扛摄像机的人四处游走,鬼鬼祟祟的样子,有点像偷树木的贼。

不知怎么回事,村长和镇上来的那些人争执起来。开始是有一句没一句的,像是在聊天,声音也很低。接着声音就大起来。村长的眼睛血红,看来昨晚他又没有睡好。只见他左手叉腰,右手在空中伸出两个指头挥动着,声若洪钟。二十!村长大喊,每人二十!两个镇上来的人怒气冲冲,不是说每人五元嘛!村长洋洋得意。生意如此兴隆,这大大出乎他的意料。他笑了,说,那是昨晚的事,现在嘛,涨啦!市场经济嘛,完全可以理解。然而镇上来的人不理解。你……你你你,你……村长把眼睛眯成一条线,扫视了一下不远的乌龟,又扫视了一下那几个忿忿不平的人,把手里的烟屁股狠狠掼在地上,说,不照?不照拉倒!镇上来的人眼珠子都气绿了,差点从眼眶里滚出来。他们看了看那几个身强体壮的基干民兵,终于妥协了。

站在一边的土根终于弄明白了,原来他们是在讲一张照片的价格。照相是不贵的,也很普遍。就是彩照,也就二三元的事。可是,现在不一样了。现在有大乌龟,和大乌龟照一张相要二十元!土根明白的事情渐渐多起来了。原来不用卖乌龟也可以赚到钱。把乌龟摆在那儿，别人只是在乌龟旁边站一下，少则十几秒，多则几十秒，二十元就到手了。不是五元，也不是十元，是二十元！满满一院子的人，就是满满一院子二十元的钞票哩，这比从前的地主老爷在院子里收租还要轻松，还要惬意。可惜，土根明白得太晚了。他的脸很难看，眉毛差不多一根一根地竖起来了，本来紧闭的嘴唇微微张开，露出了洁白的牙齿，仿佛要咬人。但土根没有去咬人，他只是伸出巴掌把自己的脑袋拍得啪啪作响。还是村长有眼光，不然他怎么是村长呢。如果土根能够想到这些，那土根也就不是土根了。

　　有人要站到乌龟背上去照相。村长和书记商量了一下。书记问，你看有没有问题？村长说，我看没什么事，那么大一块壳，能受不了一个人？不过，要五十！听了村长的话，土根又想起了刺花讲的故事。他的心砰砰跳了几下。造孽呀！土根嘟囔着想躲开，但村长把他叫住了。村长拍了拍他的肩膀，很爽快地说，有你一份哩，你往哪里走。土根眼前仿佛又浮现出了乌龟那慈爱、安详的目光。他浑身哆嗦着说，我……我不要……女人狠狠揪了土根一把，土根把后面的话全咽了回去。……

事情是半个月以后结束的。虽然耽误了地里的活儿，虽然让村长喝了十几天的酒，连那条看家的老狗也成了村长的下酒菜，但好歹也分到了一大笔钱。捧着钱，土根心里惶惶的。女人倒是不怎么在乎。多亏了那只大乌龟呀，给刺花挣了一笔生活费。猪也不用卖了，这些年还过素年，传出去别人会笑话的。

又过了几天，女人塞给土根两千多元钱。土根问她哪来的。她说挣的。原来，镇上的人来照相时没有午饭吃，女人就煮稀饭来卖，每碗加咸菜卖两元。镇上的人说稀饭好吃，咸菜更好吃，都抢着买，每天居然也能挣一笔钱。土根一听就乐了，在女人逐渐失去弹性的胸脯上抓了一把，说，这钱是干净的。

后来，村长果然把那只大乌龟放了。

许多天以后，土根在自家的屋后发现了那只大乌龟。但它已经死了，散发出一股恶臭。土根动了恻隐之心，用木料做了一副棺材把它埋了。

出葬那天挺热闹，像死了人。然而不到两天，那乌龟就被人从地里挖了出来，取走了那块又大又沉的龟甲。听说龟甲能入药，尤其是这样大、时间这样长的龟甲。一定能卖个好价钱……

　　妈的！好事都叫人家占去了。

　　土根忿忿不平。

在塵寰

一只狗的自白